EMELINA

RUBÉN DARÍO
EDUARDO POIRIER

PRIMERA PARTE

I
El incendio

Había sonado la una de la mañana en el reloj de la Intendencia, y parecía ya, por lo tranquilo de aquella noche, que nada ven tiria a perturbar el reposado sueño en que los laboriosos habitantes de la metrópoli comercial del Pacífico descansaban de las rudas tareas del día

Oyóse de pronto el tradicional pitio de un *policial* al que sucede el tañido de la campanas que en todos los cuarteles de la ciudad llaman al abnegado bombero al cumplimiento de su deber.

Cual si hubiera sitio esta una señal mágica, al tranquilo silencio río aquella noche de invierno, sucédese un extraordinario movimiento. Voluntarios que a toda prisa pasan abandonan, unos el abrigado lecho, otros el aristocrático salón de animada tertulia, y vuelan a sus casas en busca de alguna insignia de su misión para correr en seguida a sus cuarteles; bombas que han partido ya con presura al lugar amargado auxiliares que olvidando e] cansancio producido por la fatigosa labor del día, acuden ágiles a secundar a sus oficiales; muchachos y hombres del pueblo que ocurren a prestar el contingente de sus brazos para arrastrar las pesadas máquinas que evitan la destrucción, a diferencia de otras que la realizan; aquí un carruaje que es uncido a la palanca de la bomba y ayudan a arrastrarla; mas allá un grupo de alegre jóvenes pie al salir de su club se unen al número de los entusiastas salvadores de la propiedad y también les prestan el concurso de sus brazos; por todas partes la agitación, el ruido, el movimiento, cual si la ciudad hubiera despertado sobresaltada a influjo de algún golpe eléctrico. Luego, a medida que va aproximándose al lugar amenazado, vánse también distinguiendo allí bomberos de todas las nacionalidades, uniformes de diversos colores y variedades; y pasan en rápido desfile, se confunden y se agrupan, y se estrechan, las ensacas rojas con las azules, los cascos de bronce con los de reluciente cuero; y se codean, y se empujan, y so mezclan con la admirable confraternidad del deber, ingleses y chilenos, italianos, alemanes y franceses.

A la verdad, que desde hacía tiempo no había visto Valparaíso un incendio de tan considerable proporciones. Una de las más hermosas manzanas de la calle de la Victoria era presa de las llamas.

Las bombas empezaron a funcionar admirablemente, distribuyéndose con tino e inteligencia la magna tarea bajo la dirección de su hábil jefe. Pero, a pesar de que desde los primeros instantes se trató de contener el fuego, bien poco se consiguió al principio.

La confusión era terrible.

A las voces de mando de los jefes, mezclábanse los gritos de angustia de las víctimas, los potentes latidos de las bombas de vapor, el ruido que hacían los muebles que de los balcones se arrojaban y el chisporrotear de los maderos que al devorador incendio ofrecía abundante pábulo.

El fuego había tornado desde el principio grande incremento, y ya, de en medio de la espesa columna de humo que en un extremo del edificio se destacaba, salpicada de innumerables chispas, velase aparecer aterradora llama que por instantes tomaba mayor ensanche. Estallaban los vidrios de las ventanas, dando paso a rojas lenguas que lamían el muro ennegrecido, al mismo tiempo que caían con estrépito las vigas. Enganchadas las escaleras, subían por ellas los voluntarios. Estimulado por la brisa que había empezado a soplar, el incendio amenazaba abarcar una vasta extensión, lo que en realidad habría sucedido si no se adoptan con la debida oportunidad medidas para cortar el fuego y circunscribirlo al extremo de la manzana por donde había empezado.

De pronto se oyeron los gritos de ¡socorro! ¡socorro! lanzados desde uno de los balcones de un segundo piso, que ya se veían cercados por las llamas. Rápidos como el rayo, seis intrépidos voluntarios fijaron una escalera en el balcón amagado y uno tras otro ascendieron por ella dos de éstos. Llegados a lo alto de la escalera, la persona que había prorrumpido en aquellos desgarradores gritos y que era una mujer, exclamó dirigiéndose al que primero había llegado:

–¡Por Dios, salvadla! Un tabique nos ha separado de súbito y no sé qué hacer para librarla! Dejadme aquí hasta que la hayáis encontrado; o más bien, ayudadme a salvarla!

El voluntario a quien iban dirigidas estas palabras, preguntó;

–¿Dónde se halla? Señaladme la dirección.

–Del otro lado, en el fondo... ¡Corred, por Dios! ¡No os cuidéis de mí...! Pero, no... ¡Seguidme! Yo os mostraré el camino!...

Por toda respuesta, el voluntario, que indudablemente era un oficial superior, hizo al que le había seguido, y que ya se hallaba en el balcón, una señal. Tomó éste en sus brazos a la cuitada, a pesar de sus protestas y descendió con ella, en tanto que su compañero y jefe se precipitaba hacia el interior a realizar, si era posible, su arriesgada empresa.

A pesar del crepitante ruido de las vigas que crujían a su alrededor, pudo, al fin, cuchar a la distancia algo como un débil gemido.

Avanzó en la dirección de donde ese gemido partía, mas ¡oh, desgracia! en ese momento cayó parte de la muralla, dejándolo incomunicado con el exterior y casi ahogado por el calor y el humo. Siguió avanzando, no obstante, hacia adentro, hasta llegar a la puerta de una habitación en cuyo interior se oían los alaridos de terror do una mujer.

Dio un vigoroso empollón a la puerta; cedió ésta y presentóse a su vista un cuadro conmovedor.

En un aposento, a uno de cuyos extremos alcanzaban ya las llamas y que estaba lleno de humo, discurría loca de espanto y desesperación una hermosa joven a medio vestir y con el cabello en confuso desorden.

–¡Salvadme! exclamó. ¡Me muero!

El voluntario echó a su alrededor una mirada y un profundo pavor pareció apoderarse de todo su ser.

¿Por dónde encontraría una salida, ahora que de todos lados le rodeaba el voraz elemento?

Al cabo de un instante de terrible vacilación, decidió volver por donde había venido, pues, a medida que avanzaba al interior del edificio, comprendía que se aproximaba al foco del incendio.

Envolvió rápidamente con el cobertor del lecho a la joven, a fin de disimular lo ligero de su traje y tomóla en sus brazos en el momento mismo en que ésta, abrumada de terror y sofocación, se desmayaba.

Volvió con su preciosa carga hacia su punto de partida; mas cuando no había llegado aún a medio camino, una viga le cayó sobre el hombro izquierdo, produciéndole una herida que a punto estuvo de postrarle en tierra.

Un ¡ay! sofocado fue todo lo que el dolor arrancó al valiente bombero, y cobrando nueva energía, continuó su interrumpida marcha en medio de un calor abrasador y sintiéndose casi ahogado por el humo.

Se hallaba ya en el aposento por donde había entrado, el cual estaba casi obstruido por los escombros de la muralla que hacia su interior había caído.

El esforzado voluntario se sintió desfallecer; ¡rodeábale por todas partes el humo! las llamas, que ya divisaba próximas, estaban a punto de cerrarle el paso; le tocaban casi, cuando un chorro bien dirigido desde el lienzo de muralla que aun quedaba en pie, por un momento desvió la dirección de las llamas, aunque aumentando el espesor del humo. Esto vino a infundirle nuevas esperanzas y a reanimarle un tanto, permitiéndole dar voces, si bien con acento apagado ya por la asfixia.

Alcanzaron a oírle dos de sus compañeros uno de los cuales gritó desde lo alto do la mu rafia:

—¡Animo, teniente Gavidia! ¡Coged la cuerda!

Reanimado por esta voz de aliento, pudo el heroico voluntario apoderarse del cable que le habían echado, cogiéndole primero con la mano derecha; en seguida, cuidando de que la joven, que aún continuaba desmayada en sus brazos, se sostuviera sobre el izquierdo, con la cual la enlazaba, pudo, recurriendo a un resto do presencia de ánimo, utilizar también su siniestra y llegar, no sin esfuerzo, a la parte superior de la muralla, donde lo recibieron sus compañeros.

Casi desfallecido conservó empero la entereza suficiente para descender por sus propios pies la escalera sin abandonar aquella presa que acababa de arrancar a las muertes

Un estrepitoso ¡hurra! lanzado por sus compañeros al divisarle un lo alto de la escalera, vino a infundirle nuevo aliento y pudo llegar hasta el fin y depositar a la joven en brazos de la afligida compañera que había implorado por la salvación do su amiga, pasando por el mas acerbo de los dolores en el trascurso de cinco minutos de tremenda incertidumbre.

Cumplido que hubo el teniente Gavidia misión, ni aun alcanzó a darse cuenta de las calurosas expresiones de gratitud que le dirigía la compañera de la joven a quien había salvado, ni de las atronadoras manifestaciones de sus compañeros, pues hubo de recurrir al auxilio de dos de éstos, en cuyos brazos cayó desfallecido por el dolor y por la sangre que manaba de su herida y extenuado por los esfuerzos sobrehumanos que le había impuesto su generosa tarea.

Pocas horas después el incendio había sido sofocado, merced a los esfuerzos combinados do los bomberos, distinguiéndose en aquella ocasión la tercera Compañía, de que formaban parte los dos personajes que acabamos de presentar al lector.

Querida Sara, ¿habéis averiguado dónde vive, quién es y cómo está?

—Bien podéis creer, mi adorada amiga, que no habría yo de perder un instante en procurarme todos esos detalles tratándose del hombre que me ha devuelto a mi dulce Emelina.

—¡Cuán buena sois!

—Es nuestro noble salvador, joven y apuesto; llámase Marcelino Gavidia y su nombre figura con brillo en el foro chileno, a pesar de contar apenas veintiséis años. De ilustre abolengo fue su familia; mas nació él en cuna empobrecida y hubo de conocer desde muy niño las estrecheces de la miseria. Huérfano de padre a los ocho años, a los trece sostenía ya, ocupando un modesto empleo, a su desvalida madre y pequeños hermanos, sin dejar por eso los estudios que desde hace dos años le han permitido ingresar con brillante éxito y estrenarse con inusitada fortuna en la canora que ha adoptado. Nada mas sé a su respecto y aun ignorando lo que he descubierto y acabo de referiros, su mejor título a mi estimación, su único título casi podría decir, consiste en haber salvado d. una muerte segura a la que considero mi hermana.

—¡Cuánto cariño, cuánta abnegación os debo?

—No es a mí, por cierto, a quien más debéis. En mi vida he hecho otra cosa que amararos y a la verdad que en eso no hay ningún mérito cuando una se encuentra al lado de un ángel como vos, que no puede inspires otra cosa que amor.

—¡Ah! ¡Qué dichosa habría sido yo, amiga del alma, si todos pensaran o hubieran pensado así!.. ¡Cuántas amarguras de menos en mi pasado: cuántas quizás en mi porvenir! ¡Cuántos recuentos funestos que no tendrían ahora en mi alma cabida ni razón de ser!

—Por favor, Emelina, olvidad el pasado y nada acibare de nuevo vuestra vida? Despúes de las terribles pruebas a que os habéis visto sometida, debe hoy vuestra alma espaciarse en otros horizontes llenos de risueña esperanza. Olvidad, pues, memorias pasadas que solo vienen a perturbar vuestra tranquilidad. Pensemos en el porvenir, que es luz, alegría y bienestar.

—No sé yo, a la verdad, qué sería de mí, si me faltaran los dulces consuelos que a cada instante me procuráis, Sara. Mi vida, que de otro modo ni seria sino un martirio, a vuestro lado se hace más soportable. Poseedora de mis más íntimos secretos, nadie podría, mejor que vos suavizar como lo hacéis mis dolores; por lo mismo que conocéis la intensidad de mi mal, afán mas prolijo ponéis en graduar la eficacia del bálsamo dulcificador. Pero, aun no me decís si nuestro heroico salvador se encuentra ya libre de todo peligro. No me perdonaría en mi vida el haber sido, yo que parece llevo escrito en tu frente un sino fatal, la causa de que la abnegación de ese joven pudiera acarrearlo una desgracia.

—En serio peligro se encuentra, por cierto, mas los doctores que le asisten abrigan fundadas esperanzas de salvarle.

—¡Tan grave ha sido su herida?

—Sí; y ha venido a complicarse con una intensa fiebre de que se sintió atacado desde el día que siguió a la fatal noche del incendio.

—¡Dios mío! ¿Cuál es mi crimen para que así me castiguéis? ¿No bastan aún los padecimientos sufridos sin culpa, y es posible que mi mala estrella haya do perseguir también a todos los que se me acercan?

Esto decía una linda joven de porte noble y airoso, en la cual se adunaban la más serena dulzura y la gracia más incomparable. Su traje de rigoroso luto aprisionaba sus esbeltas formas y hacia resaltar la blancura de su rostro hermosísirno. La expresión de melancolía que en él veíase de ordinario dibujada, añadía un misterioso atractivo a los encantos do su rara belleza. Al hablar, diríase que a sus labios asomaba algo de la tristeza dominante al parecer en su alma, y que a su acento puro y sonoro daba inflexiones tan tiernas como suaves, propias para hacer a quien la escuchaba, imaginarse estar oyendo las melodías de una voz celeste.

Contribuían a dar mayor realce a su hermosura y a individualizarla, por decirlo así, sus ojos de purísimo azul, llenos de una expresión de indefinible ternura empapada en misteriosa melancolía. Sus cabellos, rubios como el oro, sus cejas de color castaño oscuro, sus labios frescos y rojos como dos botones do rosa y el puro óvalo griego de su rostro irreprochable tau bello en medio (le su transparente palidez, completaban el cuadro de la mas fascinadora gracia unida a la dulzura más atrayente.

En la encantadora Sara descubríanse así mismo atractivos que la hacían una digna compañera de la interesante Emelina. Era bella con una belleza llena de gracia juvenil realzada por la solicitud casi maternal con que asumía el papel consolador y dulcificante que desempeñaba al lado de su amiga. Parecía una madre prematura, llena de los atractivos propios do su edad. Alta y esbelta, tonta las cejas, el cabello y los ojos negros, recta y fina la nariz, expresiva la boca aunque no muy pequeña, y rebosando dulzura sus modales y su aire, dulzura que no era sino una suave emanación de la que su alma desbordaba.

Estas des hermosas jóvenes que a la ligera hemos intentado bosquejar, desempeñan un papel prominente en nuestra historia, por lo cual pedimos para ellas al lector toda su simpatía a que son tan acreedoras. Si sus encantos físicos llenan de admiración desde el instante en que se las ve, su retrato moral no es menos bello: de la primera podría decirse es el trasunto de la virtud más pura y mas acrisolada en las funestas adversidades de un pasado en que el dolor y la desgracia parecen haber sido los colores dominantes del cuadro; de la segunda, que es la imagen más perfecta de la abnegación y del consuelo.

Conocimiento

A pesar de la grave herida y de las complicaciones de la enfermedad de Marcelino, triunfaron al cabo de pocos días su robustez y su juventud, y en breve pudo entrar en el período de la convalecencia. Emelina había enviado diariamente a obtener informes sobre el estado del enfermo, e impuéstose con satisfacción de los paulatinos progresos que iba haciendo.

Cuando, por fin, hubo mejorado completamente, creyó de su deber la joven hacer acompañada de su tío, que en la noche del incendio de su casa se encontraba en Santiago y había vuelto a la mañana siguiente, una visita a la madre de Marcelino, con el objeto de felicitarla por el pronto restablecimiento de su hijo y manifestar a éste la gratitud de que su generosa y abnegada conducta habíase hecho merecedora.

Terminada la visita y después de haber cambiado el tío de Emelina, Mr. Edmundo Darington. acaudalado comerciante inglés de Valparaíso, cordiales expresiones y galantes ofrecimientos con la amable dueña de casa y su distinguido hijo, despidióse acompañado de su sobrina, quien había producido en Marcelino y en la señora de Gavidia la más favorable impresión.

—Muy dichoso me considero, madre mía, dijo el joven cuando se hubieron retirado los visitantes, aun teniendo en cuenta lo que he sufrido, por haber salvado la vida a tan angelical criatura.

—En efecto posee cualidades que desde el primer momento cautivan a quien la trata. Y su tío es un excelente y muy cumplido caballero. Se me ha dicho que hace apenas un mes se hallan en Chile las dos jóvenes. Han venido a reunirse aquí a Mr. Darington, tanto porque conocían de fama nuestro país, cuanto Emelina, a quien su tío idolotra, encuentre en el seno de nuestra sociedad y en medio de las distracciones que sea posible procurarla, un lenitivo a la gran pérdida que acaba de sufrir, pues dicen que quedado recientemente huérfana por la muerte de su padre.

—Por cierto que la sociedad de Emelina me encanta, y su tío paréceme un apreciabilísimo caballero. Aprovecharé cuantas oportunidades se me presenten para cultivar su amistad.

Y en efecto, apenas vuelto Marcelino del campo donde hubo de pasar unos días a fin de restablecerse por completo, su primera visita fue para Mr. Darington, quien desde el primer momento ofreció al digno joven la más franca hospitalidad.

Las visitas de Marcelino se hicieron muy frecuentes. Llegó a ser indispensable al joven, cuyas aficiones y gustos eran sencillos y metódicos, la sociedad do aquella encantadora familia. Deslizábanse para él las horas en grata calma, ya jugando con Mr. Darington alguna partida de ajedrez o de *whist*, ya deleitándose en la conversación amena y dulce, aunque delicadamente melancólica de Emelina, ya por fin, escuchando alguna o algunas de las piezas que Sara ejecutaba en el piano con maestría de verdadera artista.

Poco a poco fue estableciéndose así entre aquella familia y la de Marcelino una grata intimidad que hacía de ambas casas una sola. Más, a pesar de que Emelina sentía gran estimación por Marcelino y le tenía reservado en su corazón el lugar de preferencia que por gratitud creía deber asignarle, notaba éste con pesar que la encantadora joven no miraba en él sino al noble salvador de su vida. No era esto precisamente lo que podía colmar las aspiraciones de nuestro héroe, quien sentíase cada día más atraído hacia aquella joven cuyo callado dolor apacible, hasta entonces desconocido en sus causas por Marcelino, hacíala más interesante. La nube de melancolía que de ordinario velaba su blanca frente añadía un no sé qué de misterioso u la dulce Emelina.

IV

Travesuras de Cupido

Llegó el verano de 18...

Viña del Mar, el con tanta justicia apellidado el Versalles chileno, lucía en todo su esplendor las femeniles bellezas que vagaban rebosando en alegría por sus pintorescos jardines y elegantes *chalets*.

Era aquello un torneo de hermosura.

En las horas de tren, la estación convertíase en precioso ramillete de frescas, aromosas y rozagantes flores, casi todas en botón, y cuyo perfume embriagador traía trastornados a los incautos mozos que, no sabemos si por su mal o al contrario, llegaban a esos sitios, atraídos por la fascinación que sobre ellos ejercieran los hechizos do aquellas en cuyas redes sutiles dejábanse prender algunos con toda el alma.

Introducida Emelina a la mejor sociedad porteña, natural era que, una vez llegada la estación de verano, fuese también a participar de las distracciones que a porfía brindábale su cariñoso tío.

Instalóse éste en consecuencia, acompañado de su sobrina y de Sara en el Gran Hotel de Viña del Mar, ocupando uno de sus más lujosos departamentos.

La rara y peculiar belleza de Emelina llamó grandemente la atención en Viña del Mar, a pesar de que allí se encontraba reunido, cuanto de hermoso, elegante y aristocrático encierran la opulenta Santiago y la cosmopolita Valparaíso.

Llamáronla desde el principio la linda inglesita, y apenas llegada rodeáronla numerosos adoradores que en ella admiraban su hermosura, su discreción y hasta su melancolía misma, que tan extraordinario atractivo añadía a sus encantos.

El primer baile que se dio en el suntuoso salón del *hotel* tuvo la virtud de reunir en un brillante haz a casi todas las beldades que Viña del Mar encerraba por entonces en su seno.

Emelina dominé en él como reina, no solo porque conquistara su trono cual otras, a favor de una belleza avasalladora, sino porque a esto reunía la suavidad y dulzura de su trato y modales

Aquella noche estaba bellísima. Su traje de rico *surah* de seda negro, adornado con una guirnalda de rosas blancas, hacía resaltar más que de costumbre la serena palidez de su rostro. No llevaba al cuello otra cosa que un artístico medallón de oro, pendiente de una cinta de terciopelo negro, y sujetaba sus rubios y abundosos cabellos un broche de brillantes.

Marcelino hallábase también allí. Alto, delgado, de cuerpo airoso y elegante, eran negros sus ojos, su barba recortada que terminaba en punta y su sedosa, flexible y abundante bigote. Descubríase en sus maneras la distinción franca y exquisita, sin ser afectada, que caracteriza al porteño de buena sociedad. Querido de sus compañeros, que en él veían al amigo leal y consecuente, no lo era menos do las damas; y más de una de éstas había ya sentido, al ver a tan apuesto joven, palpitar su pecho a impulso quizás de dulces y tentadores antojos…

Le acompañaba como su más íntimo amigo en todos sus paseos el ingeniero militar don José María Vergara, joven de treinta años, también alto, fornido, sin ser corpulento, simpático y franco decidor, de grandes y vivos ojos, recortado bigote negro, y en cuya fisonomía toda se retrataba al que en todas partes del mundo se llama un excelente muchacho.

No olvidemos decir, de paso, que este mismo joven fue quien asistió a Marcelino como ayudante en la ascensión de la escalera la memorable noche del incendio, y el mismo que por instrucciones de su amigo bajó primero conduciendo en brazos a la afligida Sara.

Aquella fue una noche deliciosa para ambos jóvenes. Como era natural, Emelina y Sara merecieron de preferencia sus atenciones. No obstante, Emelina, condescendiente y dulce con todos, por nadie manifestaba predilección y esa noche, galán alguno pudo declarar, al retirarse lleno de las más gratas emociones, que aquella reina no había merecido bien de sus vasallos por la exquisita y discreta imparcialidad con que había distribuido sus mercedes.

Sara supo secundarla dignamente y las horas transcurrieron dichosas y fugaces cual lo son siempre las del placer. Llegada la de retirarse, después de haber hecho los honores a una magnífica cena y danzado en seguida casi hasta el alba, y cuántos de aquellos caballeros, cuántas beldades encantadoras do aquellas que momentos antes poblaban la brillante sala, ¡no se sentirían ya presos en las hechiceras redes del habilidoso Cupido! ¡Qué de sonrisas cambiadas, qué de elocuentes miradas dirigidas, qué de frases llenas de significativa ternura pronunciadas, qué de latidos, por fin, qué de sonrisas, de esperanzas y de suspiros!

En cuanto a Marcelino, retirábase un tanto contrariado. Algunos meses hacía ya que, sino con frases inequívocas, por lo menos a virtud de insinuantes alusiones había tratado de pintar a Emelina cuál era el estado de su corazón. Esta, cada voz, había tratado de desviar el giro de sus palabras, recurriendo con un arte lleno de sencilla naturalidad y sin esfuerzo, a cualquier arbitrio que hiciera olvidar a su amigo el tema elegido. Lo que sobre todo contrariaba a Marcelino, llevando mil angustiosas dudas a su ánimo, era la expresión de tristeza que en esas ocasiones sorprendiera en el rostro de Emelina, no pareciendo sino que con sus palabras renovaba en ella alguna antigua herida o la causaba un pesar acerbo.

Era indudable que sufría aquella joven; agitábase en su corazón alguna tempestad oculta que no estaba en la mano de Marcelino dominar ¿amaría a otro? Mas, ¿porqué ese amor, en caso de existir efectivamente, habría de afligirla? ¿Cuál era la causa de lo reserva incomprensible de la joven, de su habitual tristeza, de su aire melancólico y de que no pareciese hallarse dispuesta a aceptar de él otras manifestaciones que las del puro afecto de un hermano?

Comunicó Marcelino estas dudas y zozobras a su compañero José María cuando ambos ya se retiraban a descansar y éste, si bien convino en que su amigo tenía razón, le observó con justicia que se apresuraba demasiado, añadiendo con el tono picaresco que era en él habitual:

–¡Eh! querido, no se toma por asalto así no más una fortaleza en la cual ondea el pabellón de S. M.B! –Ánimo, pues, y no os desaliente el mal éxito de las primeras escaramuzas. Con un poco de estrategia y otro poco de paciencia, el triunfo será vuestro.

Marcelino calló. La verdad del caso es que desde hacía ya tiempo los encantos de Emelina teníanle profundamente enamorado.

En consecuencia, se propuso aprovechar la próxima oportunidad que se le presentara de pedir a Emelina quisiera resolver una vez por todas el arduo problema que tan preocupado le traía.

V

En el parque del hotel

Presentóse en efecto esa oportunidad a los pocos días. Una tarde en que Marcelino había ido a Viña del Mar a comer con la familia Darington por invitación de don Edmundo, propuso éste dar un paseo por el parque del *hotel*, una vez terminada la comida.

Tomó don Edmundo el brazo de Sara, dejando que Marcelino cogiera el de su sobrina.

Apenas hubieron dado algunos pasos por el jardín, abordó resueltamente Marcelino la cuestión.

—Tiempo ha, dijo a la joven, deseaba abriros mi corazón y manifestaros qué sentimientos habéis venido vos a despertar súbitamente en mí, desde el día, o más bien desde la noche, de eterno recuerdo, en que a virtud de tan dolorosas circunstancias me encontré con vos en el camino de la vida. De antemano voy a haceros una advertencia. Conozco que el paso que doy y al cual me siento irresistiblemente arrastrado podéis vos con justicia interpretarlo mal, atribuyéndolo quizás a móviles egoístas; me expongo, bien lo sé, a que creáis trato de sacar partido de una situación por vos no buscada y en la cui sola me cupo en suerte cumplir un imperioso deber. Pero, de antemano os lo declaro: yo nada exijo; os protesto que vuestro fallo será acatado con religiosa sumisión; de vuestros labios aguardo la sentencia que me ha de hacer el más feliz o el mas desgraciado de los mortales; pero ni aun en el peor de los casos podrá esa determinación arrancarme la menor queja. Contáis, pues, con mi más completa resignación. Ahora decidme, por lo que en más estima tengáis en el mundo, ¿podré algún día esperar me cedáis en vuestro pecho el lugar que desde el primer instante en que os vi he ambicionado como la más pura de las satisfacciones y la mas inefable de las dichas?

—No sabéis, respondió Emelina con visible mortificación, y después de una embarazosa pausa, cuánto me hacen sufrir vuestras palabras. ¿Por qué no habéis querido conformaros con ser mi mejor amigo, mi hermano del corazón?

—¡Ah!, esa distinción, por mi halagadora que para mí sea, me martiriza en extremo. ¿No comprendéis entonces que mi corazón exige algo más, mucho más? ¿No comprendéis a que os amo, que soy vuestro esclavo y que cada una de vuestras evasivas es un dardo cruel que me asestáis?... ¿Por ventura amaríais a otro?...

—Tal vez no sería tan desdichada si ello fuera así.

—Pues entonces, ¿qué poderosa razón, qué misterio así me priva del tesoro que ambiciono? ¿No veis que esta amarga incertidumbre, que esta punzadora duda me mata? ¿Qué os he hecho yo para no merecer ni siquiera vuestra confianza? Y hace poco me llamabais hermano...

—En efecto, desde el día en que, gracias a vuestra noble acción, a vuestro heroísmo, salvé de una muerte horrible, mi pecho ha sentido hacia vos el más íntimo, cariño, el cariño que se brinda a un verdadero hermano. Pedidme cuanto queráis; os debo la vida; mas no me obliguéis, por

14/96

Dios, a seguiros en este terreno; para ello seríame necesario traer a la memoria sucesos que no puedo evocar sin considerarme la mas infortunada de las mujeres.

—¿Es esta entonces vuestra última palabra?

—¿Porqué me lo decís?

—Porque, si ello es así, equivale a significaría que nada debo esperar; que es forzoso me aleje de vuestro lado, donde un día creí obtener la satisfacción de la más noble de mis ambiciones....

—Amigo mío; ¡por favor!....

—Sí; ello equivale a la muerte de esperanzas halagüeñas, al abandono de ilusiones queridas; ello equivale a ordenarme renuncie al porvenir que en un rapto de insensatez había imaginado, y olvide hasta el recuerdo de que un día creí entrever la felicidad en una mirada, en una sonrisa vuestra, ya que en esas sonrisas y en esas miradas no ha podido haber nunca sino lástima, compasión, cualquiera cosa, en fin, menos lo que por ceguera o presunción he creído fuera el cariño de una mujer hasta la cual parece no llegaré nunca, ese cariño que un día pensé me abriría las puertas del cielo.

—¿Por qué me torturáis así, Dios mío? exclamó Emelina con acento de intenso dolor. Marcelino, agregó, dirigiéndose al joven: vuestras exigencias son crueles. Cierto es que tenéis adquiridos sobre mí nobles derechos; mas no sabéis que la mujer a quien así probáis, tiene una tristísima historia; no sospecháis que hay en esa historia episodios terribles; ignoráis que para satisfaceros he de verme obligada a sobrellevar el dolor de los dolores: renovar antiguas heridas, avivar el recuerdo de sucesos que quisiera desterrar para siempre de mi memoria; no os imagináis que cuando por mi mal os encontréis impuesto del secreto que hasta hoy os he ocultado, a lo sumo podréis considerarme como la más desgraciada de las mujeres, y quién sabe si hasta mi dolor y mi inmerecida vergüenza, en vez de moveros a compasión, os infundan otro género de sentimientos!

—¡No; mil veces no! Ante Dios y ante el mundo juraría que sois la más pura, la más noble y la más santa de las mujeres!

—Pues, bien: ante Aquél que todas nuestras acciones escruta, que todo lo ve y lo conoce, me habéis de jurar que jamás se os escapará una sílaba de lo que voy a revelaros.

—Lo juro.

—Sea entonces como lo queréis. Os referiré la historia de mis primeros años; os haré partícipe de mis más íntimos secretos, espectador de escenas que ni aun remotamente habéis podido entrever. No es mía la culpa si después os arrepentís de vuestra temeraria exigencia; si después olvidáis vuestras precipitadas protestas, condenando a la mujer a quien ahora lo tenéis erigido un altar en vuestro leal corazón, pudiendo haberos contentado con un sentimiento pum y apacible, con ser mi amigo, mi hermano. Sea, pues; preparaos a escuchar la historia de mi vida pasada.

Y la angustiada joven refirió a su amigo, c6n tono dolorido y abreviando en lo posible los detalles, la historia que con mayor amplitud damos a continuación:

SEGUNDA PARTE

I

La niña de Largo

De la noble casa de los Darington fue su familia paterna. Su padre escogió también mujer de ilustre abolengo: tal era la madre de Emelina descendiente en línea recta de los Crownshires.

Nació en Edimburgo, residencia temporal de sus padres. De niña rué llevada a Londres en donde recibió su educación.

Su buena madre murió cuando la joven tenía apenas catorce años. Era esta única hija y fue la adoración de su padre, quien veía en ella el retrato de su esposa y la amaba entrañablemente.

Todos los días, antes de no ponerse el sol, salía el buen anciano con Emelina en carretela a dar una vuelta por Hyde Park.

En el camino se entretenía en contarla las aventuras de su mocedad, los hechos célebres de su ilustre raza, y muchas otras cosas que ella oía embelesada, sin fijarse en lo que pasaba a su alrededor, pendiente de las palabras de su cariño padre.

Estaba aún muy niña; tenía apenas cumplidos quince años.

Hablaba francés español, si bien con el acento de una pura londinense. Sus juegos eran infantiles.

Hubiera podido decir el número de rosas que había en los jarrones de sus jardines y qué pájaros eran los más picadores de las cerezas y manzanas; pero nunca había fijado sus ojos en los muchos caballeros amigos de la casa, que la saludaban al paso, o llegaban a acompañar a la familia en el té cuotidiano.

No comunicaba con ningún hombre, excepto el viejo Tom, que le llevaba mariposas clavadas en alfiler para su colección, y el pequeño *groom* que les acompañaba a ella y a su padre en el paseo.

Hay que decir también que entre las visitas de la casa, era vista Emelina corno una chiquilla; y si alguna vez alguien decíale una frase almibarada, ella huía en busca de sus muñecas, loqueando con alegre risa.

Cuál no sería su asombro, cuando un día la vieja institutriz que la aleccionaba en el piano, le dijo con tono grave y sentencioso:

–Miss, es preciso que guardéis más seriedad en adelante.

Desde hoy vestiréis de largo, y ocupareis un asiento en el salón, cual corresponde a una señorita de vuestra clase. Es decir, tendréis que oír galanterías, y que contestar a ellas como niña bien criada. Vuestro padre me ha manifestado algo que os interesa grandemente. Según supongo, le han pedido vuestra mano; y él, que pronto desaparecerá de la tierra, desea dejaros feliz y en soberbia posición. Conque, preparaos. Dejad esas muñecas y vanos al locador, donde os aguarda el bonito traje que ha traído vuestra modista, y que os liará pasar de pequeña a la categoría de mujer.

Al principio rió. Luego, sintió ganas de llorar; después le dio vergüenza; pero al fin, obedeció a su aya, y la siguió a su gabinete, en donde, en efecto, cambió sus vestidos cortos de la infancia por los que habían de presentarla a los ojos de los contertulios como la verdadera señorita Darington.

Era la hora del té.

Su padre estaba en cordial conversación con sus amigos, cuando ella apareció en el salón. Un movimiento de admiración se produjo en todos los circunstantes.

Su padre sonreía gustoso. Y en verdad, ella misma, al verse retratada en los enormes espejos, que con artísticos tremóes, decoraban las paredes, experiment6 un sentimiento extraño, mezcla de vanidad y de sencillo orgullo; pues se miró de modo que antes no se miraba.

El rubor encendió su rostro; y saludó ligeramente, contestando apenas a las palabras aduladoras de los presentes.

Era indudable que la urna había desaparecido y la mujer había despertado.

–Señores, dijo su padre llevándola de la mano: tengo el gusto de presentaros a mi heredera, a Miss Emelina Darington y Crownshire, baronesa de Bloomingcester.

Un murmullo recorrió toda la sala.

Después de varias presentaciones, su padre la condujo donde un caballero alto que se mantenía de pie.

–Hija mía dijo, el señor conde Ernesto du Vernier.

En este momento un criado anunció que el té estaba servido.

El caballero la ofreció su brazo, y todos se encaminaron al próximo departamento.

¿Quién hubiera dicho a la cuitada Emelina que aquella noche de su primera entrada a los salones del gran mundo comenzaba para ella una sucesión amarga de infortunios?.

II

¿Tendremos boda?

Durante los momentos que estuvieron en el salón del té, notó la joven que el caballero que le había sido presentado no dejaba un instante de mirarla.

Como estaba cerca de ella, entabló una sostenida conversación en su idioma, en la cual Emelina contestaba con monosílabos.

Se la hablaba un lenguaje misterioso. Hasta entonces no comprendía el significado de muchas palabras, que si las labia empleado, era únicamente poniéndolas en boca de sus muñecas, cuando tras un canapé convertido en palacio por las dulces hadas de la infancia, inventaba a su manera semiamorosos coloquios, trayendo a la memoria las palabras de cariño que su padre solía decir a su madre en vida de ésta y que la niña no había olvidado.

Mientras el conde du Vernier se deshacía en galantes lisonjas que casi no obtenían respuesta, lord Darington entretenía a los demás circunstantes refiriendo sus aventuras de cazador, cuando apuesto garzón era en la corte de Alberto gala y flor de los nobles caballeros.

Era el conde du Vernier alto, airoso, de porte distinguido, ojos negros, cabello castaño, barba oscura, dividida en dos alas lustrosas; elegante en el vestir, si no con la corrección inglesa, con la pulcritud parisiense. Su trato, afable y amanerado, agradaba a los que le conocían.

De pronto los circunstantes se volvieron llenos de curiosidad y asombro hacia el grupo que formaban Emelina y el conde.

Acababa de estallar la carcajada más argentina y sonora que hasta entonces hubiera resonado en aquellos severos salones, centro de la nobleza de Londres.

Todos se miraban con extrañeza.

El buen lord, suspendiendo lo mejor de su narración, tomó la vista perplejo.

Mientras tanto, el conde du Vernier, medio corrido, contemplaba a los demás con el rostro más simple que se puede imaginar.

¿Qué había acontecido?

El conde, durante la conversación de lord Darington, había acercado más su sillón al de la joven, y en uno de tantos intervalos de alegría general la dijo quedo:

—*Yo os amo…*

Ella, algo turbada, no halló qué contestar; bajó los ojos, y se puso a mirar cómo la clara luz de las arañas se quebraba en mil tris sobre los piropos de sus brazaletes.

La verdad es que Emelina no comprendía aquel yo os amo en boca del galante lisonjero. Al repetirle él esas palabras, no había podido contener la risa la inocente niña y he aquí el motivo de aquella estrepitosa carcajada.

Al día siguiente, tras una represión de su institutriz, su padre la llamó a su gabinete. La hizo sentar cerca de él y la dijo estas palabras:

—Tu conducta de anoche me tiene muy disgustado. Si no te agradaban las frases del conde du Vernier, debiste haber callado; no prorrumpir en risa como lo hiciste. Es verdad que eres aún muy niña. Sin embargo, pon atención a lo que te voy a decir. Yo ya estoy muy viejo. Pronto he de dejarte sola en el mundo. Mi salud decae día por día. Así, pues, quiero que cuando la muerte me arrebate a sus dominios, te encuentres casada. Nuestros intereses lo requieren, hija, y tu propia felicidad. Comprendo que acabas apenas de abrir los ojos al mundo en que quiero introducirte tan rápidamente; pero es preciso que yo muera con mi alma tranquila. Muchos caballeros de esta corte han solicitado tu mano. Yo no quiero obligarte a que te unas con quien no ames, pues esa es la peor de las desgracias y yo quiero para ti todas las felicidades. Ábreme tu corazón. Olvida tus devaneos de niña. Dime la verdad: ¿no es cierto que el conde Ernesto du Vernier es un real mozo, digno de una princesa o de la bija de un lord?

Aquella pregunta la desconcertó; mas, viendo que debía decir la verdad a su padre, le manifestó que, en efecto, el conde era un elegante caballero, noble por sus títulos y amable por su fino trato; pero que ella no podía resolver aquella cuestión, puesto que no sentía apego a hombre alguno,

—¡Es decir, le dijo su padre levantándose ya exaltado, que moriré dejándote soltera! ¡No en mis días! Piensa, piénsalo, hija mía, ¿Nunca ha de ser rosa este botón? ¿Querrás decirme que tienes dentro del pecho un pedazo de hielo Pues te equivocas. Ni por lo Darington ni por lo Crownshire. Ambos éramos ardorosos, y a tu edad, ya recibía tu madre en los balcones de su palacio que daban al parque real, los ramilletes de rosas que yo mismo le cortaba... Por San Pablo, hija mía, que no quisiera imaginarme tengo una estatua en ti, que eres la más codiciada y la más linda de cuantas nobles herederas tienen entrada a la real cámara de Windsor. ¡He ahí un imposible! El conde me ha pedido tu mano. Es un partido magnífico. Esto me alegra.

Quiero tu dicha, y esta se me presenta en figura de ese aristócrata francés, miembro nada; menos que de la casa du Vernier, una de bis mas encumbradas do la nobleza gala.

Y a no mediar estas circunstancias y la de mi avanzada edad, bien sabes que no habría yo acogido su pretensión haciendo a un lado las preocupaciones de familia que no permiten a un Darington o a una Crownshire entroncar con individuos de la nobleza extranjera ni con plebeyos.

Había echado en olvido decirte que el conde se baila profundamente enamorado de ti; hecho un loco. Eso sí, que tu ligereza de anoche le ha puesto mohíno y un tanto desalentado. Pero yo le he dicho: la locuela de Emelina es una chiquilla que no sabe lo que se dice. Tened paciencia. Estudiad la manera de llegaros a ella. Es preciso que le inspiréis amor.

Y, en verdad, hija, el conde te sacará de esa ignorancia en que hasta hoy has permanecido.

Y así continuó el buen viejo hablando por largos momentos.

Esta escena se repitió muchas veces. Las frecuentes visitas del conde acabaron por hacer que la joven viera en él a un amigo de la casa de los más agradables; pero no sentía aún nada que le saliese del corazón. Estaba en tinieblas.

Du Vernier era cada día más galante y cumplido.

Al verlos juntos, ella en el piano, y él volviendo las hojas de los cuadernos de música, el viejo lord experimentaba un contento que manifestaba con bromas que dirigía a entrambos.

—Domaréis la fierecilla, decía al joven conde, tocándole cariñosamente en el hombro. En los círculos aristocráticos de Londres se hablaba ya del próximo enlace del conde y Emelina; y aun no había salido de los labios de ésta una frase que diera alguna esperanza a Ernesto du Vernier. Sin embargo, él era *el novio oficial*.

Se decía que muy pronto so celebrarían las bodas; que las joyas y trajes que se alistaban en París eran una maravilla; y otras tantas cosas que apenas si llegaban a oídos de la joven.

Su padre llamaba al conde *hijo*; y si les miraba juntos, les decía *hijos míos*.

Esto y todo lo demás que dejamos referido, fueron creando una especie de cariño familiar de ella a du Vernier, a modo de afectuoso aprecio; mas de ninguna manera lo que pudiera calificarse de amor.

III

Lo que había de suceder

Para no cansar al lector con digresiones, diremos que una mañana se notó en casa de lord Darington gran agitación. La servidumbre iba y venía de un lugar a otro. Muebles riquísimos y nuevos se introducían en los salones.

Las escaleras so adornaban profusamente; el anciano daba órdenes que al instante eran ejecutadas.

La institutriz se llegó por fin a la alcoba de Emelina cuando ésta aún no se había preparado para salir, y le disparó a quema ropa la siguiente salutación:

—Felicito a mi noble alumna, Miss Emelina Darington, en el día dichoso de sus bodas.

Solo entonces comprendió la joven lo que ocurría. A hora de ir a la mesa su padre se lo dijo todo, muy claramente. Aquella misma noche se firmarían los contratos. En su guardarropa acababan de colocar los mejores trajes que hasta entonces hubieran llegado a Inglaterra, muy dignos por lo ricos de ser llevados por la graciosa majestad de Victoria. Sin saber todavía lo que iba a hacer, dijo a su padre que, puesto que era su voluntad aquella, estaba dispuesta a todo.

Llegó la noche. Multitud de carruajes se detenían a las puertas del palacio, que parecía en realidad una mansión encantada. Las galerías, bien iluminadas presentaban un aspecto precioso, lo mismo que los salones, adornados con todo el lujo correspondiente a la elevada categoría de los novios. Lord Darington hacía los honores del salón. A cada paso el ujier anunciaba con su tono especial un nombre ilustre, y encopetadas familias iban llenando el recinto.

A eso de la diez de la noche se firmarían los contratos.

Su padre condujo al salón a Emelina. Esta no había visto en todo el día a Ernesto. Por fin llegó. Parecía estar muy emocionado; la saludó muy afectuoso. Se sentía lleno de orgullo al recibir las distintas felicitaciones de que era objeto.

Antes de que llegue el momento de firmar los contratos, narraremos por vía de curiosidad algunas circunstancias especiales de aquella noche.

Iba a darse principio a la ceremonia nupcial, citando el ujier anunció los siguientes nombres:

—Su alteza real el príncipe de Gales.

Entró el gallardo futuro rey do la Gran Bretaña, y fue saludado por toda la concurrencia. Lord Darington se adelanté y le dio las gracias por el honor que hacía a su palacio llegando en día de tanto regocijo. El amable príncipe respondióle con frases afectuosas, e hizo votos 'por la felicidad de la heredera de uno de los más firmes baluartes de la nación inglesa.

Luego se anunciaron:

–El muy ilustre y laureado poeta Alfredo Tennyson.

Eso anciano inmortal apareció en el salón.

El príncipe de Gales cedió el principal asiento al viejo vate, quedando a su derecha.

El ujier volvió a anunciar:

–Su excelencia el embajador de S. M. el Emperador de las Rusias, príncipe de Gortschakoff.

Luego:

–El ilustre Americano, excelentísimo señor general don Antonio Guzmán Blanco.

Y así sucesivamente.

Se ve, pues, que toda la alta sociedad, príncipes, diplomáticos e ilustres títulos se hallaban presentes en aquella noche memorable.

Gortschakoff y el ilustre Americano llamaron la atención general.

Algunos viejos lores, con sus lentes encaramados sobre las narices, examinaban con curiosidad a Guzmán Blanco.

Era cate un caballero de soberbio porte; por sus aires un emperador de Oriente; por su pecho lleno de condecoraciones y su vistoso y raro uniforme, un museo andante de numismática.

Un ministro americano presentó a lord Darington al ilustre Guzmán Blanco, quien tras de decirle y echarle a las barbas sus ejecutorias y lustrosos timbres, ofreció para su novio la medalla del Libertador de primera clase, y para la novia un regio presente.

¡Oh qué fiesta aquella? ¡Qué confusión de colores, de joyas de preciosa orfebrería! Las gargantas de cisne de las inglesas lucían magníficos collares; aljófar, oro y diamantes estaban resplandeciendo en vívidos relámpagos en sus brazos, manos y cabelleras.

Los estirados señores 1e la sociedad aristocrática de Londres, pasaban haciendo genuflexiones a damas y altos personajes. El veterano trae reinaba por todas partes, y en más de un ojal lucía la cinta roja do la Legión de Honor.

Reasumamos en gracia del lector.

Verificóse la ceremonia con todo esplendor. Se honraron las famosas bodegas de Darington Castle; se visitó el *buffet*; y media noche seria por filo cuando los soberbios troncos hacían rodar los carruajes de los convidados, chispeando las herraduras al chocar en las piedras de las calles.

Al comenzar la madrugada, la claridad del palacio empezó a disminuir.

A poco rato estaba todo en silencio. Era seguro que los cansados dueños todos felices, dormían viendo entre sueños paraísos iluminados por astros de color de rosa.

IV

Misterio

Cuando los concurrentes se retiraron, el anciano lord bendijo a los desposados, y encaminándolos a su departamento les dio las buenas noches.

Emelina temblaba. Solo entonces comprendió lo que había hecho. Al pisar el dintel do la alcoba nupcial sintió que casi se desmayaba. El conde dejóla en quietud, y después de acariciarla y de repetirle dulces frases de amor, se retiró al gabinete que le estaba preparado en el palacio.

Allí escribió varias cartas. Tras una media hora anhelante y enamorado más que nunca, se encaminó a la alcoba nupcial.

Una lámpara turbiamente iluminaba aquel sagrado recinto de la dicha. El sintió el aliento entrecortado de su esposa; en puntillas se acercó al lecho, y la contempló extasiado.

Solo entonces admiró en toda su plenitud la belleza de la rica heredera de lord Dorington.

Era rubia como una espiga, blanca como la leche, y sus azules ojos parecían dos zafiros medio encerrados en broches de oro. Sus labios frescos y rojos corno dos pétalos de clavel, provocaban al beso, y su casi desnudo seno que subía y bajaba a impulsos de la respiración, parecía el nido de pulido mármol de las dos plateadas tórtolas de Citeres.

El conde, ansioso y lleno de súbito ardor, iba quizás a dar a su esposa el primer beso, cuando sonó un fuerte silbido, especial y extraño.

Azorado y lleno de asombro, puso oído atento y escuchó.

El silbido hubo de repetirse con más fuerza que anteriormente.

Entonces, se pintó en su rostro algo como una amarga desesperación... y murmuré estas frases:

–¡Por Cristo!... Estamos a 15 de Junio... ¡Oh rabia!... ¡Y en qué momento!... Pero es preciso... Cumplamos con lo ofrecido.

Se separó del lecho con tiento, se dirigió otra vez a su gabinete, tomó un revólver, lo puso en su bolsillo, calladamente envolvióse en una capa, bajó las escaleras, logró abrir las puertas, y se halló en la calle.

Iba a amanecer.

No lejos de la puerta que acababa de dejar se hallaba un hombre, igualmente encubierto hasta los ojos. Parecía un agente de policía; mas su sombrero de copa demostraba que no lo era.

Cuando salió el conde, encaminóse directamente al embozado. Antes de llegarse a él se detuvo, y dijo una palabra extraña que le fue contestada con otra.

Entonces comenzó es te raro diálogo en francés:

—Ya empezaba a creer que, preocupado en vuestro casamiento, habíais olvidado el compromiso contraído...

—Os equivocáis. No me he olvidado ni un solo instante de vosotros.

—¿Y bien?

—Y bien...

—Digo que ha llegado el día señalado: mañana.

—¿A qué hora?

—A las doce en punto.

—¿Dónde?

—En la casa de la City.

—¿Concurrirán todos?

—Todos, excepto yo, que parto a Paris a arreglar asuntos de importancia

—Está bien

—¿Sabéis vuestra obligación?

—Hablad.

—Oíd

Y so dijeron unas cuantas palabras en secreto.

—En ese caso, concluyó el conde, estaré listo a la hora indicada Pero decidme, ¿no creéis que mi matrimonio, que casi es vuestra obra, sea para los afiliados un gran paso?

—Lo creo; pero tenéis un gran enemigo en nuestro mismo seno. No tan terrible, puesto que está bajo mi influencia.

—¿Quién?

Volvieron a hablar en secreto.

—En verdad, dijo el conde, lo sospechaba. El barón se porte de un modo....

—En todo caso, volviendo a nuestro asunto, no olvidéis el compromiso de mañana a las doce en punto, en la casa de la City. Buenos días.

El conde quedó pensativo, mientras el embozado so perdía entre las veredas de la orilla sur del Támesis, que deslizaba silenciosamente sus turbios caudales bajo un cielo humoso y opaco.

Ernesto du Vernier se encaminó a la puerta de donde había salido, la abrió cuidadoso, subió las escaleras y bien pronto se encontró en su gabinete.

Allí se desabrigó; y echándose sobre un canapé quedóse dormido, no sin que antes se escaparan de sus labios como arrastrándose, estas palabras:

—Cuatrocientos mil francos.... a la casa Parini y de la Cueva, de París mañana... doce del día.... Muy bien.... Parini me ofrece.... que pronto seremos socios

V

El tapete verde

Nadie supo en el palacio Darington la salida del recién casado conde.

A la mañana siguiente el buen lord fié a saludar con su genial afabilidad «a sus hijos», como él les llamaba.

—Os tengo preparada, les dijo, después de hablarles como un padre sobre su nueva vida, —os tengo preparada una envidiable residencia en uno de mis castillos, situado a pocas millas de Londres. La luna de miel la pasaréis allá, mientras este viejo se entiende en hacer su testamento. Ya sabréis, conde, que mi hija es una de las mas opulentas herederas de…

—Señor... interrumpió du Vernier.

—No; no; no os equivoquéis, mis palabras son harto sencillas. Cierto es que eso ya lo sabíais; empero, ahora que debo consideraros como un hijo, es justo que oigáis...

—Os ruego, señor, que no hablemos de eso.

—En todo caso, hoy supongo que partiréis al castillo. Estará de fiesta; y os recibirán allí como a una real pareja en San Jacobo.

—Perdonad, arguyó el conde; pero me es imposible partir hoy. Asuntos de alta importancia me retienen en Londres. Si os place dentro de dos días.... dijo a su joven esposa a la que no había hablado una sola palabra hasta entonces.

—Estoy a vuestra disposición, contestó ella. Hasta este momento en el alma de Emelina no había prendido su hoguera el rapaz flechador de Cupido.

Amaba ella a su marido como a un pariente cercano.

Su padre era toda su adoración. Este la había dicho: «Quiero verte casada.»

Y ella le había complacido, como cuando la decía: «Ponte el traje lila que te he comprado»; «tócame al piano un nocturno de Chopin»; o «ven a leerme junto a la chimenea el *Vicario de Wakefield*, de Oliverio Goldsmith.»

—Así se hará, replicó el anciano, puesto que vos lo queréis.

Y mandó a su mayordomo desenganchar los carruajes.

Emelina se retiró a su oratorio.

A las once y media del día el conde Ernesto bajaba do un coche de alquiler frente a una casa de aspecto misterioso, en una encrucijada de la City.

En el portón de la casa se hallaba un robusto mozo, por sus trazas marino. Gorra calada, cuello abierto, brazos desnudos, gordos como muslos, zapatos asaz toscos, cuchillo al cinto y una negra pipa en la boca

Al querer penetrar el conde, se le interpuso.

–Alto, díjole. No se puede entrar.

–¡Insolente! exclamó aquel, sacando de una de sus faltriqueras una medalla y poniéndola a los ojos del brusco centinela.

Este la examinó, se descubrió, cedió el paso y quedó refunfuñando:

–Yo no sabía… como ya son tantos.

Había una larga escalera en el interior de la casa, que daba a pisos superiores.

Ernesto subió por ella; pero en vez de llegar hasta el segundo piso, se detuvo a media ascensión, se agachó y empujó mañosamente uno de los escalones; éste cedió y mostró otra escalera que daba a una galería subterránea. El conde bajó por ella; la entrada secreta se volvió a cerrar y él siguió adelante hasta llegar a un salón iluminado, tapizado de rojo.

Allí estaban muchas otras personas.

Se hablaba, pero en voz baja.

En las paredes que, aunque lujosas no ostentaban ningún adorno, había panoplias cubiertas de armas de diversas clases.

Eu el centro de la sala, alumbrada por brillantes estrellas de gas, se veía, rodeada de sillones, una larga mesa con tapete verde.

VI

Drama

Cuando entró el conde, todos se adelantaron a recibirle menos uno.

Era éste un caballero de unos treinta años de edad que, abrumado al parecer por terrible desesperación, se mantenía con la frente apoyada entre las manos, casi sin darse cuenta de lo que pasaba a su alrededor.

Seremos claros.

El lugar misterioso a donde había llegado el conde du Vernier, era un opulento garito. Pero no un tapete común. Nada de eso. Allí había un secreto, desconocido para la mayor parte de los que concurrían; secreto que fue la terrible causa de la desgracia de la misteriosa amada de Marcelino Gavidia, como se verá a su tiempo.

Saludado que hubo a sus conocidos, el conde se sentó cercano a la mesa. Sacó una cartera y dirigiéndose a un personaje rechoncho, colorado como una guinda y enfundado en un *palelot*:

–Barón de la Cueva, dijo; he venido a cumplir mi palabra. Tomad.

El interpelado recibió la cartera y sacó de ella un papel que decía:

Ernesto, conde du Vernier, cede a la casa Bancaria de Parini y de la Cueva, de París, sus posesiones du Vernier, a la orilla «izquierda del Ródano, con lo cual queda cancelado el documento de doscientos mil francos que dicha casa tiene en su contra. «Así mismo cede a dicha casa el palacio Vernier situado cerca de la plaza de la Concordia, con lo cual queda solvente de toda deuda.–El conde du Vernier. En Londres, a «15 de junio de...»

–No os exigía semejante sacrificio, dijo el gordinflón sepultando en mío de sus hondos bolsillos la cartera. Sin embargo, necesitáis probar que sois hombre de palabra. ¡Bravo, conde da Vernier!... Señores, ve aquí al millonario heredero de lord Randolph Darington.

Todos se fijaron entonces en Ernesto, que con una mirada reprendía al impertinente.

El hombre que estaba con la cabeza inclinada, al oír el nombre de Darington se irguió y poco a poco llegóse al conde.

–Caballero, le dijo, ¿sois vos el esposo de la señorita Darington?

–Para serviros.

–¿Sabéis si aún la acompaña una señora mayor en clase de institutriz?

–¿Que se llama Juana Springfield?

–Sí; ¿la habéis visto?

–Casi siempre está en el palacio Darington.

–Mil gracias.

Y volvió a su triste abatimiento, hasta que al oír la voz del señor do la Cueva que chillaba: ¡Va a comenzarse la partida! se encaminó hacia el siniestro tapete verde, exclamando entre dientes:– ¡Pobre madre mía! ¡Pobre Sara! ¡Quién sabe si ya no me veréis jamás!

Como por ensalmo apareció en el centro de la mesa una ruleta.

Se dio una señal, y todos los circunstantes se agruparon al rededor, con ojos ávidos y diversidad do aspectos.

Quien sonreía con el bolsillo repleto, pensando en rellenarlo más; quien se mesaba los cabellos antes de probar su suerte; aquí uno contaba los gruesos fajos de billetes de banco que debía colocar, mientras otro cruzado de brazos esperaba impasible lo que iba a suceder. Todos aquellos viciosos pertenecían a la más alta sociedad. Todos, menos uno: el que había dirigido aquellas preguntas al conde.

Cualquiera de los otros tenía escudo, de antaño ejecutoriado con bien guardados pergaminos, y que ostentaban en campos distintos, águilas rampantes, grifos, calderos y toda esa multitud de oropeles de que hacen gala en el mundo de la nobleza los mayorazgos linajudos.

No describiremos una escena de juego.

Vamos a pasas en rápida revista los sucesos do aquel día.

Pero nos detendremos en el terrible suceso que pasó a la vista de aquellos discípulos de Birján.

Lo referiremos tal como sucedió.

Es un hecho real que todos pueden ver descrito más circunstanciadamente en los «Anales de la policía de Londres.»

El oro brillaba en montes sobre la mesa.

La endemoniada música de la bola de marfil no cesaba de oírse, y apenas era interrumpida por las exclamaciones de los dichosos y de los desgraciados.

Lúgubre alternativa:

La interjección vivaz de la alegría y el amargo juramento de la desesperación.

–Si necesitáis dinero... dijo de la Cueva a du Vernier haciéndole una señal de inteligencia. Este tomó de manos del banquero un fajo de billetes, y comenzó a jugar.

La suerte le favorecía tanto, que algunos momentos después no se oía ni respirar; tan atentos estaban todos ante aquel arrasador de los tapetes.

Al lado de du Vernier se amontonaban papeles y monedas; libranzas, pagarés, por último joyas, por último promesas.

El dios espantoso do los jugadores estaba de su parte aquel día.

Ya nadie quedaba que se le atreviese. Ya iban a depositarse en las enormes cajas del banquero los tesoros ganados, cuando el joven que antes se había dirigido a du Vernier, colocó sobre la mesa un cartucho de libras esterlinas.

Todos se volvieron a mirarle. Estaba pálido, tembloroso.

Dio vuelta la ruleta, y el conde ganó.

El joven se tomó lívido.

Sacó otro cartucho y lo puso. Perdió también.

Acabó con todo lo que tenía.

Puso por fin su reloj e hizo un movimiento que pasó inadvertido para los concurrentes.

Cuando la bola, que en su rápido correr parecía que lanzaba una carcajada infernal, se paró en el número del conde, sonó un pistoletazo.

El desgraciado joven cayó bañado en su sangre. Tenía la cabeza destrozada. Un fragmento de masa cerebral fue a manchar el montón de oro del afortunado ganancioso.

–¿Quién era este infeliz? preguntó du Vernier impresionado, al banquero.

–Jacobo Springfield, cajero del Banco "Union" de Southampton.

Quién era Jacobo Springfield

Un antiguo secretario del noble lord Darington, llamado Roberto Springfield, salvó un día en un bosque la vida a su principal.

El caso fue éste. Un jabalí corpulento era perseguido por el joven Randolph, quien habiendo errado el tiro y caído de su caballería, se hallaba próximo a ser despedazado por la fiera.

Roberto que estaba cercano, saltó y rápido se interpuso cutre ambos. El jabalí atacóle; pero él se dio tal maña en manejar su cuchillo de monte, que a poco del sucedido estaba la alimaña echando ríos de sangre por el herido pescuezo.

Eso sí, que el valeroso Roberto salió maltratado de un brazo; de lo que él se gloriaba, pues decía: he librado de la muerte al más noble de los caballeros de la Gran Bretaña.

Ello le valió ser elevado a la categoría de administrador de todas las propiedades de lord Darington. Y cuando él, francote y llano, dijo a su joven principal: «voy a casarme», éste le felicitó por tan donosa idea, y aseguró una respetable dote a la prometida, quien a los diez y ocho años, era un rico bocado y tenía por nombre Juana.

Juana fue esposa de Roberto Springfield1 y por consiguiente fue con su marido a ser habitadora de un hermoso departamento bajo el seguro techo de la antigua morada de los Darington.

Juana era muy bien educada.

Así es que cuando el rico lord fue padre, a ella se confió el cargo de institutriz de la única heredera de su favorecedor.

Roberto tuvo dos hijos que fueron protegidos por lord Darington: Jacobo y Sara.

El primero recibió una instrucción brillante en uno de los mejores colegios do Cambridge. La segunda, por el tiempo en que va esta narración, se encontraba en París perfeccionándose en el estudio del piano; y era, según decían, famosa y hábil como una artista completa.

Todos los gastos corrían de cuenta del noble lord, como ya se sabe. Este había logrado colocar a Jacobo como cajero de uno de los principales bancos del Reino Unido, el banco "Union" de Southampton.

Jacobo Springfield se distinguía por su amor al trabajo y su honradez sin tacha.

La confianza de su jefes estaba en él mejor guardada que los millones de saquetes que contenían los sótanos del banco "Union."

Había formado el joven con sus ahorros un pequeño capital, cuando conoció a un opulento italiano llamado el vizconde Renato Parini.

El vizconde Parini fue un demonio tentador de aquella alma inocente, y le arrojó a esto precipicio: el juego.

Demostróle, artero y habilidoso, lo fácil que lo seria tornarse acaudalado banquero, yendo con tino por la senda do la fortuna.

Al principio Jacobo rechazó las insinuaciones do Parini. Después jugó y fue favorecido. Volvió a jugar, y de la misma manera.

Y el desgraciado se sintió presa de la maldita fiebre infernal que arrastra a los garitos.

Pero mego comenzó a perder. La rueda en su volteo, si al principio le había encumbrado, ya le tenía debajo.

En el vértigo, no curé si el deber le gritaba desde el fondo de su conciencia: ¡párete que resbalas!

Presto concluyó su capital.

Tenía entrada a todas las secretas reuniones de los más famosos jugadores. En ellas se relacionó con hombres de esclarecidos títulos y gentes de valía, ingleses y extranjeros.

Una noche no tuvo qué llevar al tapete, y pidió adelantos a su principal.

Otro día, ¡día amargo! un fajo de billetes salió de la caja del Banco pasando a la cartera de Jacobo.

Era el último recurso.

Huyó de Londres junto con la cartera llevó una pistola y se dirigió a la casa misteriosa de la City, que ya conoce el lector.

Allí ocurrió el espantoso drama que queda referida.

¿Qué sería de la pobre madre cuando supiera tan aterradora desgracia?....

Quede, pues, en la conciencia de quien va leyendo catas páginas, que el conde Ernesto du Vernier ha sido el asesino de Jacobo Springfield al arrebatarle, por medio de la magia repugnante y horrible del azar, basta el reloj, que sobre la mesa estaba señalando la última hora del infeliz jugador... ¡Asesinato anónimo!

"Parini & de la Cueva", Rue Michelet Nº ..., París

¿Quién no conoce a estos célebres banqueros el mundo de los negocios? Son los reyes de las alzas y de las bajas. La Bolsa es su campo de torneo.

Esa firma es casi tan valiosa corno la del mismo barón do Rothschild.

Parini & de la Cueva son los autócratas del oro. Tienen gran banco en París, y una sucursal en Londres.

Estss dos palabras, *debe* y *haber*, son para ellos símbolo de óptimas y perennes ganancias.

Pero, dejemos por un momento a un lado a esta acreditada casa, que hemos querido tan solo dar a conocer al lector, y volvamos al palacio Darington.

Al día siguiente de la escena de la City, lord Randolph con sus lentes bien encajados, leía tranquilamente el *Times* .A poco de haber desdoblado el diario, hubo de dar un salto en el sillón, y de sentir un profundo pesar.

Acababa de leer el siguiente suelto de gacetilla:

La policía ha encontrado anoche, en una de las calles de la City el cadáver de un caballero que por los papeles hallados en sus bolsillos se sabe que se llamaba Jacobo Springfield. Se supone ha sido víctima de algún ataque la noche pasada. Tiene un balazo en la cabeza, que indudablemente fue la causa de su muerte. En su cartera se ha hallaba una carta con esta dirección: *Para mi madre, Juana Springfield*; la tal carta está en la Oficina Central (*Central Office*) de Policía, donde puede ser reclamada.

–¡Pobre Juana! exclamó lord Randolph.

Esto le causará la muerte. Mas ¿cómo ha podido acontecer semejante cosa?

Una carta de Southampton que recibió momentos después le sacó de dudas.

En ella le explicaba el director del Banco "Union" la deshonrosa desaparición de Jacobo, y agregaba: «En consideración a su honradez pasada, y para no ocasionaros un disgusto a vos, señor, el banco no revelará el secreto de la huida de su excajero.»

El conde Ernesto se hallaba también ahí, al lado de su esposa, cuando llegó deshecha en lágrimas la anciana institutriz.

–«¡Ah, milady, milady!... ¡mi hijo!, exclamó con acento desgarrador.

El conde se estremeció. Aquella infeliz señora partía el alma con sus lamentos. Lloraba a mares, su lloro caja humedeciendo su rostro arrugado y cubierto con la palidez de un dolor infinito.

–He recibido una carta suya, continuó, que me escribió antes de morir, antes de que lo asesinaran!

Leed, milady, por Dios, y decídme si no soy la más desgraciada de las mujeres. Mi pobre Sara sufrirá tanto Como yo.... ¡Oh Dios mío!

Emelina tomó de manos de la anciana una carta que leyó en voz baja, mientras el conde, fijo en la dolorida faz de la vieja dama, creía oír que su conciencia le decía: «tú eres el asesino.»

He aquí la carta:

«Madre: Abandonando la senda de mi deber, me he lanzado a un abismo, del cual no puedo ya verme libre. El juego ha sido mi ruina. Cuando recibas esta carta, quién sabe qué habrá sido de mí. Probaré el último extremo. Si gano, juro no volver nunca al vicio; si pierdo, huiré de Inglaterra o no sé lo que haga. Perdona a tu hijo –Jacobo.

A la señora Juana Springfield.»

En seguida lord Randolph se acercó a ellas. Sus primeras palabras fueron de consuelo a Juana.

–Es preciso, dijo a ésta, que veáis a Sara para prevenirla. Ahora, añadió acercándose con Ernesto, estoy de acuerdo con vuestras proposiciones de esta mañana. Está bien. Iréis a París. Así podréis llevar con vosotros a Juana, para que vea a su hija. Cuando volváis las traeréis a ambas. Voy a dar mis órdenes a aquella ciudad para que os tengan un alojamiento digno de vosotros.

–Perdonad, dijo Ernesto; por no causaros molestia, ya he escrito a mis corresponsales de aquella capital con eso objeto. Os agradezco vuestros cuidados, señor.

–Yo creía, replicó el lord, algo contrariado, que tenía derecho a entenderme en el viaje de mis hijos.

Hubo un largo intervalo de silencio, interrumpido solo por los sollozos de la institutriz.

El conde pasó al gabinete, dejando a los que acompañaba.

Allá escribió lo siguiente:

«Viaje realizado. Departamento de todo lujo. Próxima llegada. Firmaré contrato de sociedad– Señores Parini & de la Cueva, Rue Michelet, N.° París…»

Y lo envió al telégrafo.

IX

Tito Mattei

París es el caos.

Víctor Hugo dijo que era el cerebro del mundo, y desde entonces sentimos cierta comezón interior que nos hace creer que el mundo está loco.

¡Imagínese el lector, el mundo con semejante cerebro! En una gigantesca redoma, fabricada en los divinos talleres de fuego de soles, puso el bien Dios, desmenuzados, el Paraíso del bribón Mahoma, el Infierno del visionario Dante. Vació en seguida la Caja de Pandora, o hizo entrar una gran muchedumbre de flecheros amorcillos, siguiéndoles enfilados los gentílicos coros de placeres. Ni fueron solos; tras ellos, pesares y amarguras. Luego el Eterno Padre sacudió su redoma, revolvió, mezcló, confundió, y derramando su contenido sobre la faz de la tierra, exclamó: *hágase París*. Y Paris fue.

El caudaloso Sena es el río de la confusión.

Se diría un Aqueronte bajo la blanca luz del firmamento.

Sobre sus aguas turbias y lentas se deslizan las ligeras barcas do los venturosos que al jocundo ruido de sus cantares hieren las linfas a golpe de remo; y allí apuran en deslustradas copas de Bohemia el hirviente vino del placer, teniendo solo el disgusto de ser salpicados de vez en cuando por la espuma que levantan al caer en el profundo río el desgraciado que ha perdido el caudal o la esperanza, y la infeliz que sin honra encuentra en el suicidio el refugio siniestro de la desesperación.

¿No es verdad que París es muy alegre? Bien pueden los relumbrosos carruajes de mil millonarios aplastar con sus ruedas a los mendigos, que la Morgue necesita de cadáveres y los diarios de gacetillas.

Allí está el inmenso bosque de Bolonia, con sus millones de árboles que han visto desfilar por largos años procesiones eternas de grandezas.

Allí nos dirigiremos con la lámpara maravillosa del novelista, sin ser molestados por los transeúntes; sin que se nos cuelgue del brazo alguna *cocotte*; y sin que un hambriento nos tienda por el camino la mano en demanda de un *sou* para almorzar.

Oh qué bullicio, qué lujo, qué magnificencia!

Las largas filas de coches no cesan de pasar en rápida sucesión. Aquí un elegante landó que luce corona ducal, lleva lindos palmitos; allí una *victoria* conduce a un banquero, o a un diplomático; y esto se sucede a cada instante; hombres, mujeres, niños, niñas, do todos tamaños; morenas, rubias, cabellos jaros, cabellos oscuros, cabellos canos. Cada mujer es un bello estuche de pedrería, sin que sea prosaico el símil. Los militares portan vistosos uniformes; los amigos del *sport* van caballeros en bien aperados brutos, con el latiguillo en la enguantada diestra, mientras el animal caracolea en caprichosas corvetas, o treta que se las pela, haciendo sonar el hierro de sus cascos.

Poro ¿qué es aquello que viene allá, que al sol roba sus brillos y ciega a las muchedumbres?

¡Qué ha de ser, sino el Ilustre Americano, don Antonio Guzmán Blanco, lleno de resplandores y entorchados, espejo de los caballeros de hoy, mengua de los de antaño, rico más que el do Monte-Cristo, dadivoso cual monarca, Mecenas de los extraños y *mecomes* de su pobre patria! El, que esta noche en sus salones dará una gran *soirée* en honra de Affendi-Medjí, sobrino del Shah de Persia su "grande y buen amigo," y a la cual concurrirá nada menos que toda la sangre azul bol existente en París.

–¿Y aquel otro que a su lado le acompaña? Ese es Tito Mattei, el célebre pianista que tocará en la referida fiesta, y recibirá en gracia, de manos de Guzmán Blanco, *cinco mil nacionales* y el busto de Bolívar.

No teníamos que hacer, lector, sino pre sentaros a esos dos Personajes; con lo cual y vuestra venia, pasaremos de un tirón a los salones del Ilustre Americano, donde se desenvolverá parte de esta verídica historia.

x

la discípula del maestro

El sobrino del Shah de Persia, recién llegado a París, recibe al expresidente de la República de Venezuela, un real agasajo.

En estos salones, donde pintores y tapiceros han realizado prodigios, donde espejos y *tremoes* son joyas por lo valiosos; donde en artísticas consolas son encanto de los ojos floreros de Venecia y tibores do Cantón; aquí, en el barrio más aristocrático de París, se hallan reunidas altas damas del gran mundo, estirados diplomáticos, opulentos banqueros, autores ilustres, artistas de fama, todo lo que hay de brillante y aparatoso de nombre y fortuna en la gran capital.

La colonia americana aparece orgullosa por sus bellezas. Allí una colombiana espiritual y airosa, aquí una peruana resalada con ojos como luceros, gordo brazo, talle de ninfa y piececito de Cenicienta; acullá una chilena, garbosa como una reina; sus pupilas dos negras noches; su andar de antílope africano; brazo hecho a torno para recreo do las musas; labios encendidos y una abundosa cabellera que le cae por el gollete en trenzas de azabache, corno lustrosa seda retorcida.

El *ilustre* muestra todas sus garambainas.

El pavo real de Venezuela anda por ahí esponjado como una mocetona con perifollos. Ha arrojado el oro a manos llenas para festejar al sobrino de su camarada de Teherán. Se bincha, sonríe satisfecho, y al ser saludado por títulos y grandezas, dice para su coleto: sol feliz.

Un hermoso piano de Erard espera que la mano del maestro Mattei arranque de sus teclas torrentes de armonía.

Apareció el viejo músico trayendo apoyada en su brazo a una niña como de edad de diez y ocho años; cabellos negros, ojos rasgados, también negros; y blanca como una azucena.

Esa es su discípula inseparable; esa de que han hablado tanto los diarios; esa que acompaña al maestro a todas partes; su alumna preferida por su hábil ejecución, su precoz ingenio, y de la cual ha llegado a decir el *Figaro* en una de sus revistas: «Es el liada de tas sinfonías.»

Su nombre es Sara Springfield, y está en París enviada por lord Randolph Darington con el objeto de que llegue a ser, corno dicen, toda una *étoile*. Pero una *étoile* privada: que será solo delicia de los salones del potentado inglés.

Adelantóse Mattei, pues, con la hermosa niña, y murmullos de admiración les acogieron.

Se anunció que ella tocaría sola una brillante fantasía.

Sentóse al piano y no se volvió a oír murmullo alguno. Todos estaban pendientes de la linda joven.

Desde las primeras notas se advirtió que aquella era una artista en toda la extensión de la palabra. Cada tecla, al contacto de su mano, convertíase en una caja de música encantada.

Las notas se escapaban del instrumento como los pájaros de una jaula, que al salir hicieran gala de su tesoro de trinos y gorjeos. Subían alegres, armónicamente confundidas como en un torbellino, basta los ruidosos acordes del *crescendo* y bajaban, como traídas a tenue soplo de alas impalpables, tristes corno un coro de suspiros hasta las débiles pulsaciones del *pianissimo* Primero el rugido del huracán que se desencadena y va por el bosque descuajando troncos y haciendo resonar sobre las cumbres las elevadas ramas de los pinos, arpas de las tormentas; luego el nido que pía en la floresta; el aire que se cuela entre las rosas, galante decidor de cosas dulces; el gemido que se va apagando, la callada queja, y el *trémolo* apacible y como lejano que parece el balbuceo del ritmo o el vagido de los genios recién nacidos de la melodía. ¡Oh, qué poderoso amuleto hay en esas pequeñuelas, blancas manos, y en esos diminutos pies, que en el teclado y en el pedal concentran su reinado dichoso de acordes y cadencias!

Una explosión de aplausos recorrió todo el recinto cuando concluyó la joven. Guzmán Blanco se apresuré a ofrecerla el brazo. Felicitó a Mattei por tal discípula y a ésta por tal profesor, y muy luego entablé con Sara larga conversación.

—Siento, señorita, la dijo, entre otras cosas, que no haya medallas del Libertador para mujeres, porque si no, os condecoraría.—Pero vamos a capítulo aparte.

Una imprudencia ilustre

…porque si no, os condecoraría. Y continuó:

–¿Vos sois inglesa?

–Sí, contestó ella; de Londres.

–Yo he estado en Londres, prosiguió Guzmán Blanco; y por cierto que me quieren mucho allá. Hay gente muy amable. Sobre, todo mi amigo Gladstone y Victoria. Siempre como con ellos. Cuando voy donde Gladstone, se resiente Victoria; u cuando voy donde Victoria, se resiente Gladstone: así es que no hallo qué hacer entre Gladstone y Victoria.

Sara le miraba con curiosidad. El Ilustre continuó:

–Yo soy Enviado Extraordinario y Ministro Plenipotenciario de mi nación en Europa; y estoy actualmente gestionando para que en Londres se llame una calle Guzmán Blanco Street. Por supuesto, ello será una muestra de amistad a Venezuela, donde todo se llama Guzmán Blanco. Ya he comenzado a trabajar en ese sentido, y para ello cuento con muchos amigos en vuestro país. Lord Derby, Rothschild, el duque de Connaught, lord Darington.

–¿Conocéis a lord Darington? preguntó rápidamente la joven.

–¿Que si le conozco? Hace muy poco tiempo estuve en su palacio, con motivo de las bodas de su hija con mi amigo el conde du Vernier. A él me presentó mi amigo el Ministro americano en Londres... !Ah! fue una noche espléndida. Mis amigos el príncipe de Gales y Alfredo Tennyson, estaban también allí. Yo concedí en esa ocasión al conde du Vernier la medalla del Libertador. Últimamente he escrito a mi amigo Darington con motivo de cierto pesar que recibió y de que hablaron mucho los periódicos.

–¿Pesar? preguntó la niña asustada.

–Sí, la muerte de un joven, su protegido

Sara se puso pálida como un cadáver.

–¿Qué decís? interrogó con voz trémula a su interlocutor.

–El asesinato de un joven a quien él quería mucho

–¿Su nombre?

–Jacobo... dijo el *ilustre*.

Un grito desgarrador, grito indescriptible, se escuchó en el salón.

Lo que ella sintió no puede pintarse.

Recuerde el lector lo que ha sentido si ha contemplado, siquiera en sueños, en medio de la alegría, el cadáver de un ser amado.

Sara está desmayada. Todos corren y la rodean.

El maestro Mattei, que percibió algo del diálogo que antecede, dispuso llevar a la discípula a su habitación del colegio, no sin lanzar antes al imprudente y fatuo condecorador una mirada como un relámpago de cólera.

–¿Pero, qué es lo que pasa? preguntó perplejo el Ilustre al maestro.

–Que el asesinado de que hablasteis a la niña, era el hermano de Sara Springfield.

La fiesta no se aguó por esto. Guzmán Blanco, después del suceso, anunció que cantaría Gayarre.

Con lo cual los convidados gozaron divinos momentos aquella noche, y de las arcas de la pobre Venezuela salieron otros tantos nacionales y otros bustos del Libertador.

TERCERA PARTE

I

El conde du Vernier

Ha transcurrido algún tiempo después de los sucesos que hemos narrado.

El conde du Vernier ha abierto en París sus salones, a donde concurro la gente de la sociedad aristocrática.

EL conde pasa su luna de miel como un magnate dichoso.

El conde se divierte.

Tiene una esposa linda y buena; y también lindos y buenos millones de francos en las cajas del Banco Parini, de la Cueva & C., llamado así desde que él ha ingresado a la sociedad.

El conde tiene dinero. Lo cual es una felicidad que puede traer hasta la beatitud.

¿No es cierto, hermosas niñas casaderas?

¿Mentimos, perfumados caballeritos, que andáis a caza de una beldad tan perfecta, que la queréis con dote y todo?

Meditemos.

Pues, es el caso que la fiebre del oro nos invade.

Noticia fresca.

So desea que los niños que nazcan, traigan debajo de los bracitos unos cuantos *cheques* para mientras puedan correr en busca de mayor fortuna.

La naturaleza se ha olvidado de colocar en las manitas de los infantes un liar de losetas para el biberón.

Por de pronto, las niñas para ser guapas deben llevar por ojos dos libras esterlinas.

En vez de «buenos días», se saludará: «buenos duros.»

El mayor piropo que se puedo espetar a una belleza es el de Bartrina: ¡Milloncito de mi alma!...

Y se puedo agregar: ¡En oro americano!

Pregunta: –¿Y esto es en todas partes?

Respuesta: –En Londres como en Pekín, en Madrid como en Santiago, y en San Petersburgo corno en Río de Janeiro.

–Pero, ¿y el deber?

–Ha bajado, y se cotiza a ínfimo precio.

– ¿Y el amor?

–Como artículo de necesidad, se paga bien; pero no el platónico.

–¿Y la poesía?

–Ya lo dijo Gustavo Bécquer:

...una oda solo es buena

de un billete de banco al dorso escrita.

–¿Y la nobleza, el sentimiento y el ideal?

–En las *chauchas...*

Los autores a dúo: –¡Oh realidad amarga de la vida!

El lector, interrumpiendo: –Pero, ¿y la novela?

Los autores: –Para allá vamos.

Decíamos, pues, que el conde vive en Paris con su linda esposa, gozando de sus millones.

Lord Darington está en Londres. Le acompaña su hermano Eduardo, que ha llegado de la India, y partirá muy pronto para América. Asimismo la anciana institutriz que ha vuelto de la capital francesa, en donde dejó en calidad de compañera de su antigua alumna, la condesa du Vernier, a su hija Sara.

Antes de pasar adelante, diremos quién es el conde du Vernier.

Sus títulos son ya conocidos del lector.

Hijo de padres nobles, había quedado huérfano desde muy tierna edad.

Un tío le protegió, y a los dieciocho años era secretario de un alto personaje, muerto últimamente, gran apoyo de los orleanistas.

Era lo que se llama un real mozo.

Hablaba la mayor parte de las lenguas europeas. Era un cazador famoso y un duelista distinguido.

Boxeaba como un digno *champion*; gastaba el oro a puños, y jolgorios y placeros le habían mancipado.

Alegría, alegría y derroche, opulencia que a los ojos de todos producía deslumbramiento: he ahí su ecuanimidad.

¿Pues con las damas? Un don Juan. Richardson le habría tomado como excelente modelo para su héroe.

Charlador incomparable, era ocurrente y dicaz sin chabacanería.

Vanidoso y repulido, sabía siempre la última muda.

Y su carácter se pinta en este hecho, por ejemplo: si un mendigo le tendía la mano, y había ojos femeninos presentes, le tiraba unos cuantos luises. Si no, le daba un puntapié.

En París le conoció lord Darington, y cobró apego a la distinguida calavera.

Desde que le fue presentado, buenamente se dijo para sí: «He aquí un excelente partido para Emelina.»

Y el pobre viejo procuró atraerse a du Vernier.

Este fue a Londres. Vio la gran posición y la incomparable hermosura de la heredera, y dijo; «mano, ¿para qué te quiero?» La pidió, se casó, y partió a París al poco tiempo. Hasta aquí el lector se preguntará: ¿Pero qué tiene de particular el conde du Vernier? Y nosotros volvemos a decir: Para allá vamos.

II

Los esposos du Vernier en París

He aquí que los opulentos salones del conde son el lugar de reunión de la aristocracia parisense.

Desde que fueron abiertos, casi no hay día en que no se anuncien *teés* espléndidos, fiestas fastuosas, *soirées* de alto mago de los que hablan los periódicos de la gran ciudad. Gran honra es para todos ser invitados a ese centro de la elegancia y del buen tono. Las *divas* echan allí gorjeos y melodías de las gargantas; autores de fama y pro allí es donde por primera vez leen los capítulos de sus mejores obras inéditas.

Banqueros, artistas, todo lo que brilla de algún modo, tiene entrada y asiento a los salones y en la mesa del conde Ernesto du Vernier.

Y hay gran razón de que todos salgan encantados do ese recinto.

¿Cómo no, si imperan allí dos ángeles que con su gracia, belleza y dulzura cautivan a quienes las cercan?

La condesa y su compañera, la señorita Sara Springfield, son esas dos criaturas amables y apacibles.

La vida interior del conde vamos a ponerla en claro.

Primero le acusaremos de indiferente, puesto que poco tiempo lleva de casado, y ya su conducta de galanteador forma eco en París.

Es el *león* en todo el sentido de la palabra. Un *león* no común. Dicen que ha llegado a tal extremo, que despreciando a su esposa, busca como antaño donde tender sus redes a toda mujer, «desde la princesa altiva, a la que pesca en ruin barca...»

Después acusamos al conde du Vernier de aspereza y descomedimiento, siempre con su linda mitad.

No, esto es inexcusable. No autorizan para tanto los negocios. Dicen que casi no la comunica ni uno solo de sus pensamientos; que aburrido, quizá hastiado de ella, no le dirige la menor frase do cariño.

Esto es la pura verdad.

Es cierto también que los contertulios aseguran ser ella, por su parte, no menos fría con su esposo.

Uno de ellos, el barón de la Cueva, ha llegado a decir estas palabras: «Esa pobre dama es una mártir de du Vernier.»

Nosotros explicaremos lo que hay.

El corazón de Emelina, como debe naturalmente comprenderse por lo que ya se sabe, no había sentido las ardientes emociones del amor primero.

Ella, cuando por un inocente deseo de su padre, que la hizo pasar de niña a mujer, entregó su mano al conde, no supo lo que hizo. Se casó, porque sí.

El viejo lord le habló del asunto; y ella, acostumbrada a obedecer, cambió los juegos de la infancia por los cuidados de la esposa. Rápida y funesta transición.

En ella, hay por decirlo así, una especie de descoyuntamiento.

Es preciso preparar el espíritu para tan enorme cambio. El de ella, como chiquilla que solo era, pasó de pronto al deber frío a imponente, antes de conocer el cariño suave y encantador.

Emelina, pues, no ama a su marido.

Le respeta y halaga, por cumplir con su conciencia de dama noble y honrada.

Y luego, el conde no se hace querer.

Su trato, antes tan fino y amanerado, so tomó después de los primeros meses de luna de miel, duro, y casi rayano de lo grosero. Ha llegado hasta hacer gala de sus conquistas en la misma mesa en que estando su esposa, le embromara un amigo imprudente.

Ha hecho más; y este fue objeto de comentarios hasta en gacetillas de diarios republicanos en que a todo lo noble describen con pintas y señales: ha pasado por frente a su palacio en carretela, acompañado de una de las más famosas *Traviatas* de Paris. Esto es atroz.

La pobre condesa sufre. Y más sufriría en su orgullo y delicadeza de dama distinguida, sino recibiera a la continua los consuelos de su adorable compañera.

Esta, desde la pérdida de su madre, la anciana institutriz de Emelina, que sucumbió de pena después del suicidio de su hijo, vive en casa del conde, según se ha dicho ya; y sin ella, sería un infierno la existencia de la desgraciada condesa.

Las dos se aman profundamente.

Sara ha tenido muchísimos pretendientes; partidos envidiables se le han presentado. Pero se ha negado a aceptarlos, alegando que no puede separarse de su *querida hermana*. Así llama a la condesa.

En tanto, el conde du Vernier se hace cada día más insoportable. Su vida escandalosa le ha dado una fama bien poco apetecible.

Todo esto aumenta el sufrimiento de Emelina. Sobre todo, ciertas salidas misteriosas que hace su esposo de noche, volviendo cuando al día siguiente tiene algo que ordenar a su administrador.

Generalmente, para estas salidas se arma y se emboza.

Ese misterio martiriza a la pobre mujer.

Su marido indudablemente corteja a una dama cuyos favores pueden traer peligros. Así se lo explica todo.

Quizá sea una mujer casada.

Un día de tantos vendrán a decirle: vuestro marido ha sido muerto por infame.

En conclusión, todos esos pensamientos mantienen el corazón de Emelina en continua zozobra.

Ha llegado un día a reconvenir a su esposo.

Le ha querido detener en una de esas salidas a la media noche. En cambio de su cuidado, ha oído estas palabras:

—Señora, os ruego no os mezcléis en mis asuntos. Si no basta que os lo ruegue, os lo mando – Creo que deberíais ser más prudente y menos indiscreta.

Poco después los malos tratamientos continúan.

Se prohíbe a la infeliz querer investigar lo que no le importa

Sara aconseja prudencia y paciencia, y Emelina du Vernier devora en secreto sus amarguras, y derrama lágrimas de vergüenza y de orgullo herido en el seno amoroso de su consoladora y tierna amiga.

Las *soirées* del conde van menguando cada día.

Poco a poco se retiran de los salones los contertulios, pues advierten que algo grave pasa en el interior de aquel hogar.

El conde Ernesto, mientras tanto, continúa en su vida de siempre: derrochador, galante, caprichoso, notable en todo lugar de París por sus caballos, sus queridas y sus escándalos. *Ecco homo*.

III

Dos artículos de diario

En uno de los números del «Commercial Review» de Londres, correspondiente al mes de Febrero de 19… publicóse por esos días un artículo que produjo gran conmoción en el mundo de los negocios y que traducimos en seguida:

«Quiebra del banco Parini, de la Cueva & Ca.»

«–Desde hacía tiempo venían circulando rumores poco satisfactorios con respecto al estado de las operaciones de esto banco, establecido en París y que cuenta con una importante sucursal en esta ciudad. Se decía, entre otras cosas, que se había notado giraba dicho banco en descubierto por su más enormes; que sus operaciones se hallaban basadas en un crédito ficticio; que había documentos en su cartera que no estaban ni aun en parte garantidos; y por último, que en su administración notábanse manejos que daban margen a fundadas sospechas.»

«No habíamos querido hasta ahora dar crédito ni autorizar con una afirmación nuestra semejantes rumores, desde que no encontrábamos fundamento serio que los abonase; y aguardábamos informes fidedignos cantes de avanzar concepto alguno a ese respecto. Mas, lo que hoy ha venido a caer como una bomba en los círculos comerciales de París y en los nuestros, es la quiebra del banco referido, ocasionada, entre otros motivos, por la fuga de su cajero Mr. Josuah Humbug, quien se dice ha tomado todos los fondos existentes en las arcas de esa institución y que calculados en nuestra moneda, se hacen subir a mas de £200,000, y fugádose a los Estados Unidos.»

«Mas, no obstante tan escandaloso suceso, que acusa un punible descuido en la «administración de ese banco, circulan versiones aun más desfavorables, tendentes a significar que parte de los rumores esparcidos desde algunos días atrás no se hallaban tan destituidos de fundamento. Se dice, por ejemplo, que la fuga del individuo mencionado, aunque por la gruesa suma que consigo ha llevado, significa para el banco una enorme pérdida, no podría, por si sola, ser parte a producir la quiebra total del banco. En efecto, esa hasta hace poco acreditada institución de crédito giraba por millones de francos y so hacía subir su activo, estimado en nuestra moneda, a la enorme suma do cinco millones de libras esterlinas. A estar a los persistentes rumores que corren, empero, la verdad sería que dicho activo no llega ni a la décima parte de esa cifra y que el público ha estado siendo víctima de una estafa (*fraud*).»

«No queremos aún avanzar tan grave afirmación: nos basta dar el rumor tal cual circula, reservándonos publicar más datos a este respecto tan pronto como la justicia haya practicado las investigaciones del caso.»

Por esos mismos días el periódico londinense que aun no se reponía del pánico cansado por la grave noticia precedente, imponíase con gran consternación del siguiente artículo publicado en la sección editorial de la *Pall Mall Gazette* y que también traducirnos para mayor comodidad del lector:

«Hemos de levantar la voz en nombro de la moral ultrajada; hemos de decir muy claro a la Europa, a todo el mundo, lo que es baldón y vergüenza de la moderna sociedad. La vindicta publica exige se aclaren ciertos rumores que circulan de boca en boca, rumores que nosotros, llegado el caso, haremos claros como la luz del sol publicando ciertos nombres que, si bien los llevan altos personajes, se encuentran hoy cubiertos de sangre y de ignominia, a ser efectivas las versiones, que según ya lo hemos dicho, circulan entre el público.»

«Seamos explícito. París y Londres nunca han visto antes de ahora los espantosos crímenes que se cometen, quedando en el misterio sus autores.

«Hace poco tiempo se han repetido en esta población monstruosos asesinatos, en los que la policía no ha podido, por más que ha trabajado, descubrir un solo dato que arroje luz para la persecución de los criminales. Sin embargo, el pueblo ha comenzado a repetir, junto con esos hechos sangrientos, el nombre de personas muy conocidas, tanto de esta capital como de la del otro lado del Canal de la Mancha.»

«Un hilo más, y quizás nos hallaremos en aptitud de denunciar formalmente lo que ha llegado a nuestros oídos; y por él conduciremos a la policía para que dé con la horrible trama que tiene conmovido al público todo.»

«Más de cincuenta personas conocidas van ya encontradas en las calles de la City y en varias de París, bañadas en su sangre. El puñal y el revólver son las ocultas armas que los incógnitos asesinos han empleado para ultimar a sus víctimas.»

«Hase aprehendido por sospechas a unos cuantos desconocidos, pero se les ha puesto luego en libertad porque han sido declarados inocentes.»

«Sin embargo, como hemos dicho, nombres de personas importantes circulan en boca del pueblo.»

«¿Se tratarla de algún plan político?»

«No; puesto que entre los asesinados se hallan extranjeros de diversas nacionalidades.»

¿«Qué es entonces? Ha llamado la atención que coincidan los crímenes de Londres con otros de París, ejecutados al propio tiempo.»

«En nombre de la conciencia humana, pues, protestamos contra tan espantosos delitos y excitamos a la justicia para que active en dicho asunto sus trabajos; así como nosotros, si adquirimos ciertos conocimientos, nos encargaremos de ser el órgano do los acusadores, demostrando a las naciones civilizadas el grado de perversidad y corrupción a que han llegado ciertas clases en el corazón de nuestro continente.»

IV

Retrocedamos

Estimado lector nuestro: cábenos el gusto de anunciaros que tenemos en mira al escribir el capítulo presente, desenmascarar a un tunante, un tunante de más de la marca, tunantísmo en *te* gótica y mayúscula.

Con esa advertencia, pues, comenzaremos por trasladarnos a Monte-Carlo, esa Meca de los adoradores de Birján.

También retrocederemos en tiempo. Poca cosa: año y medio, más o menos.

Año y medio antes de los sucesos que hemos venido narrando, las mesas de los salones de juego de Monte-Carlo, en uno de los días del mes de diciembre de 18.... estaban rebosando de *aficionados*. El dios Azar tenía erigidos altares esplendentes, y recibía veneración y sacrificios.

Ingleses, franceses, alemanes, *yankees*, rusos, italianos, españoles, bohemios, gentes de todas partes concurrían al establecimiento más afamado por su fabulosas partidas.

Entre los concurrentes so notaban dos personas, ambas de grandes recursos por lo que se veía. Era la una un joven, por sus trazas un calavera, que en unas cuantas horas había perdido sumas enormísimas. Era la otra un caballero de alguna edad, que llamaba la atención por su maravillosa suerte. Había ganado en pocos momentos sumas también muy considerables. Polos opuestos de la vida: junto al que gana el que pierde; una pareja de hombres a que la suerte ha ensayado sus dos tintes poderosos: en el uno de color de rosa de la dicha, en el otro el negro de la desgracia. Altibajos que producen vértigo. La cumbre por su elevación, el abismo por su profundidad.

El joven que ha perdido está pálido o inquieto. El caballero que ha ganado, ríe como un cualquiera que se sacara la lotería. ¡Oh rabia!... ¡Oh dicha!...

Los montones de oro deslumbran sobre el tapete. El joven, cruzado de brazos, espera la última palabra de su fortuna. Ha puesto a un número lo que le restaba, Quema su último cartucho. En su rostro se pinta la desesperación del que en medio del mar viera alejarse de sí la única tabla de salvación. El número lo ha traicionado. El banquero ha dicho al joven pálido:

—Caballero: siento muchísimo vuestro estado. Habéis quedado sin una considerable fortuna. Podéis pasar a la oficina de la administración, en donde recibiréis la cantidad a que os da derecho vuestra gran pérdida, cantidad que os servirá para emprender viaje a vuestra patria.

—Es, dijo el joven, que yo he quedado debiendo doscientos mil francos y no tengo cómo pagarlos.

En seguida volvió la espalda y se dirigió al su cuarto del hotel de Monte-Carlo.

Indudablemente llevaba la resolución quizá de concluir de una vez hasta con su vida. El alegre ganador, el risueño y feliz caballero que había arrasado las mesas, caminó tras el joven y le siguió a su habitación. Allí observó que escribía. Se acercó en puntillas y leyó sobre el hombro del desesperado:

«Declaro que me quito la vida porque estoy arruinado. No sé....»

—Caballerito, dijo el ganancioso tocándole en la... espalda. ¿Me permitiréis os diga que vais a cometer una insensatez?

—Supongo que sois harto atrevido para importunarme cuando no estoy para burletes, dijo el joven volviéndose airado. ¿Quién sois que locamente venís sin objeto alguno a molestarme?

—Lo primero, arguyó el otro, ya lo sabréis, y por ahora no urge conocerlo; lo segundo, mal lo calificáis, pues no veo en ello nada de locura; lo tercero, es una mentira, puesto que tiene objeto mi venida; y lo cuarto.... lo cuarto.... no creo que os cause molestia de ningún género....

—Explicaos.

—Eso quiero. No os precipitéis. Poned cuidado; tened calma. Habéis perdido vuestro dinero. Estáis arruinado. Ibais a mataros, según ese papel que escribíais; debéis doscientos mil francos: en resumen, vuestra vida la miráis como una carga que queréis tirar al suelo. Pues bien, joven; oíd lo que os voy a decir: el objeto de mi venida no es otro que de ofreceros doscientos mil francos para que paguéis vuestra última deuda, doscientos mil francos para que vayáis a París, la mano de una rica heredera; castillos en Inglaterra, hoteles en París y toda suerte de goces y de lujo. ¿Qué os parece?

El joven quedó mudo por un rato. Después clavé los ojos en el avispado semblante del desconocido y exclamó:

—Me parece, que si queréis divertiros vayáis en busca de un pulchinela. Que estáis o loco o borracho y.... que me dejéis en paz. Es harto vil burlarse de un desesperado. Idos, pues, si no queréis hacerme entrar en viva exaltación. Ya lo sabéis.

Por toda contestación el desconocido sacó una cartera repleta de billetes do banco. Contó hasta cuatrocientos mil francos y los puso en la mesa, a la vista del joven.

—Ya veo, dijo éste, que en verdad he sido injusto con vos. Juntáis al dicho el hecho. Empero, antes de aceptaros esta suma, desearía saber quién sois. ¿Acaso algún nihilista que trata de hallar en mí un arrojado ejecutor de un crimen político: por ejemplo, arrojar una bomba de dinamita a los pies del Czar? ¿Deseáis que incendie el Louvre o la Biblioteca? ¿Sois algún marido ultrajado que pretende quite yo cruelmente la vida a la esposa infiel? Yo no creo en diablos ni espíritus; pero, ¿sois acaso Mefistófeles? ¿Sois mago? Rey que viaja de incógnito; archimillonario de desconocidos y fabulosísimos tesoros? En conclusión: ¿me conocéis para hacerme semejantes propuestas?

El extranjero ganancioso rió con risa compasiva y le dijo:

—Sí, os conozco, señor conde du Vernier, modelo de derrochadores y calaveras; y en prueba de que sé quien sois, os diré lo que vos mismo no sabéis. Por ejemplo, que ha muerto vuestro tío, el que os dio educación y dinero que malbaratar; y ha muerto queriéndoos todavía. En prueba de ello, os ha hecho heredero de su castillo a orillas del Ródano y su palacio de París cercano a la plaza de la Concordia.

El joven, asombrado, no hallaba qué decir y miraba con fijeza a su interlocutor.

—Ahora, prosiguió éste, viendo que aquel guardaba los billetes, puesto que aceptáis, voy a exponeros las condiciones de nuestro arreglo. No soy nihilista, ni antiguo miembro de la *commune*, ni marido ultrajado, ni nada de lo que os imagináis. Soy alguien que viéndoos este día se ha dicho: «He aquí un joven que no debe morir por una bagatela. Procurémosle su felicidad.» Sé que tenéis ánimo, sois vivaz, buen mozo, osado; así, pues, lo natural es que para casaros las oportunidades os han de sobrar. El porvenir es vuestro.

—Bien, dijo el joven, pero en cambio de vuestros favores, ¿qué debo hacer yo después?

—Como hombre de negocios y de delicadeza siempre, pagar vuestras deudas: verbigracia, al día siguiente de vuestras bodas con una rica heredera pagareis los cuatrocientos mil francos que me deberéis. Luego, ese mismo día os revelaré grandes secretos, que serán la base de vuestra felicidad. Con que, si no sois ingrato, seguiréis mis indicaciones.

Ante todo, necesito me prometáis solemnemente guardar en el más absoluto secreto las revelaciones que voy a haceros.

—Os lo prometo.

—Pues bien; esta misma noche sabréis algo de que necesitáis imponeros para comenzar nuestro negocio. Mañana partiremos a París y muy pronto seréis el yerno de uno de los más opulentos lores de Inglaterra. Os advertiré lo siguiente: el único servicio que vos me prestareis cada y cuando que so me antoje, será algo que no os desagrada mucho, por lo visto: jugar; apuntaros a un número cualquiera en el lugar que yo os indique. Nada más. Esta noche a las once llegaréis a.... (y aquí bajó la voz diciéndole el nombre de una casa de Monte-Carlo;) daréis un silbido (y silbó de una manera especial;) saldrá un hombre a la puerta y le mostraréis esto (y le dio una medalla;) pasaréis hasta donde él os conduzca; allí me encontrareis, como también a otras personas a quienes deseo conozcáis antes de entrar de lleno a nuestros asuntos. En conclusión joven, os favorece ante el mundo una casa potente de París, a quien debéis la cantidad que os he entregado, y secretamente los afiliados del «Guante Rojo», quienes tan fácilmente llenan de oro a los que desean favorecer, como dan una puñalada de modo misterioso a quien intentan «suprimir»....

Prudencia, constancia1 valor. No olvidéis nada de lo que os he dicho.

—Está bien, cumpliré. ¿Vuestro nombre? El desconocido dióle una tarjeta y se retiró.

El joven examinóla y leyó esta firma en elegante letra italiana:

Renato, vizconde Parini.

Se fijó en la medalla que debía servirlo aquella noche para penetrar a la casa que le había indicado el desconocido. Era de acero, tenía en el centro pintado un guante color de púrpura y esta leyenda:

Absque argento, omnia vana.»

V

El guante rojo

No es esto un ensayo de imaginación. No es un capítulo de la escuela de Hoffmann. Es pura y simplemente lo que ha pasado en las capitales más grandes del mundo, en pleno siglo décimonono.

El crimen tiene aun su trono y su reina-nado en esos grandes centros. Este árbol: demagogia tiene mil retoños. Comunistas, dinamiteros, huelguistas y otros *jusdem furfuris* y el mal se desenvuelve y toma grandes proporciones.

Las sociedades secretas han sido en todos los tiempos medio de llevar a cabo todos los monstruosos ideales, fruto de aquellos gérmenes Se han establecido asociaciones con distintos fines, y existen aun en el seno de la vieja Europa muchas de esas hermandades. El misterio atrae. Nos asomamos a un pozo oscuro y profundo: ¿No habrá en el fondo de la sima algún tesoro escondido?

Hay una cortina espesa, detrás de la cual se mueve algo: ¿qué será?

El crimen se ha aprovechado de la sombra. El criminal va y obra en ella con claridad. Es un búho.

El ladrón raciocina. He ahí una encrucijada que nadie conoce: ¿habrá mejor teatro para hacer mi robo?

El asesino piensa: en la oscuridad bien se puede dar una puñalada; luego salir a la luz y exclamar: «Señores, han asesinado a un hombre. Esto es horrible. ¿Dónde está el victimario?» Contando con la impunidad, el bandido busca las cuevas, los ocultos bohíos, las escarpadas y solitarias rocas que forman una gruta. Allí, sin claridad, pone en ejecución espantosos delitos. El mal toma incremento.

Hay gran razón en todo eso. En el siniestro y oculto subterráneo está más a su gusto la venenosa serpiente. La blanca y bella luz del sol atemoriza y avergüenza al malhechor empedernido; y en la noche silenciosa y llena de tinieblas parpadea el fuego fatuo, sale el espectro del campo santo, aúlla el perro tristemente, se oyen gritos ahogados y lejanos; y en la negrura de la torcida la callejuela se ve medio brillar el puñal del asesino en acecho del viandante. Luego viene la aurora y saluda con su sonrisa de santa paz.

Las sociedades secretas tienen muchísimas fases.

Las hay políticas, agrarias, religiosas, etc., etc.

La sociedad "El Guante Rojo" no es nada de eso.

Por los años de 18... el vizconde Renato Parini, italiano, y don Ramiro de la Cueva, español, fundaron dicha sociedad en la capital francesa. Su objeto era él siguiente, digno por cierto de ser aplaudido en las cuadrillas de presidiarios y en las cuevas de salteadores: robar por medio del juego. Es decir, ser dos veces bandido.

Establecieron ciertos lugares ocultos, donde atraían a los acaudalados amigos del juego, y allí, con habilidosas mañas, dejaban sin un solo centavo a los insensatos que les seguían.

Había toda especie de juegos en que empicaban sus habilidades: cartas que acataban la voluntad de ellos, como la de grandes prestidigitadores; dados falsos, etc., etc.; y sobre todo, ruletas que les obedecían por combinaciones que no advertiría el mas avisado frecuentador de los garitos.

Parini y de la Cueva pronto se enriquecieron. Muchos otros ingresaron a la asociación, pero ellos eran los superiores. Pronto establecieron una sucursal en Londres. Robaban, pues, a destajo.

Ahora explicaremos al lector dos puntos en que su curiosidad ha de estar harto despierta: el artículo de la *Pall Mall Gazette* y el porqué la sociedad se llama «El Guante Rojo».

Comenzaremos por lo segundo.

En los estatutos de la sociedad, que se guardan en la caja propia del vizconde Parini, después de varias otras disposiciones, se lee lo que sigue:

«*Art. 13. –El afiliado vigilador* estará *listo* desde el principio de la partida. Si el *señalado* da a entender con alguna exclamación o gesto que ha conocido el *secreto de la mesa*, inmediatamente *se le suprime.*

No había habido ninguna víctima cuando la asociación tenía aun poco tiempo de fundada.

Una noche, de la Cueva estaba jugando con un *señalado*. Otros afiliados les rodeaban. El *señalado* había perdido grandes cantidades de oro. Estaba desesperado. De repente nota que en el piso de la habitación había un alambre quo so comunicaba con la mesa. Sospecha algo y lanza un juramento.... No pudo concluirlo.

El estoque de Parini, que estaba de *vigilador* le partió el corazón. Sucedió que al herirle, la sangro le bañó la mano que empuñaba el arma. Alguien, con cinismo procaz, mientras se repartían lo robado, expresó un tremendo sí mil, y de aquí el nombre de la sociedad desde entonces: «El Guante Rojo».

Las escenas de esa especie hubieron de repetirse. Los afiliados, tan luego caía una víctima, la llevaban cuidadosamente a una calle cualquiera, donde no fueran vistos, y allí encontraba la policía los cadáveres en sangrentados

Esto sucedía, al propio tiempo que en Londres, en París. El vizconde Parini tenía un palacio en Monte-Carlo, lugar habitual de reunión de los afiliados.

Para penetrar a los subterráneos de la sociedad, era preciso llevar una medalla con el símbolo e inscripción que ya se conocen.

Para iniciar a un nuevo afiliado, se requería antes que éste fuera decidido; que hubiese perdido su fortuna en el juego; y que se le advirtiese *talento para el oficio.*

En noches de iniciación los afiliados llevaban un guante purpúreo en la mano derecha.

Su seña para llamarse de lejos era un silbido especial.

A los garitos del «Guante Rojo» llegaban a derrochar su dinero muchos personajes de pro.

Al principio se les halagaba con ganancias pingües.

Después se les desbalijaba.

Los que no descubrían ningún mañoso artificio, salían sanos y salvos.

Los que sí, allí quedaban por obra del *vigilador.*

Otros se suicidaban. Recuerde el lector al infeliz Jacobo Springfield.

A esa sociedad, pues, ha ingresado nuestro héroe, llevado por el vizconde Parini.

«El Guante Rojo» era el alma del banco Parini & de la Cueva, de Paris.

Para esta gran ciudad habían salido al siguiente día de la pérdida de Monte-Carlo, el vizconde y Ernesto du Vernier.

Allí este último siguió en su vida de siempre, derrochador y calavera.

Allí también fue presentado un día a lord Randolph Darington con todos sus títulos, poderes y humos de opulento capitalista.

El bueno del lord concibió, tentado por el vizconde Parini, casar a su hija, con un tan interesante sujeto. Invitóle a dar un paseo por Londres. Llevólo a sus castillos y tierras, Promovió partidas de caza; y cuando el conde Vio cómo andaba el asunto, se hizo el enamorado de Emelina, se lo participó así al cándido viejo; éste al vapor arregló la boda; y catad, lector, a Ernesto du Vernier, yerno de uno de los más ricos lores de la Gran Bretaña.

El vizconde Parini había cumplido su palabra.

Así mismo, el conde du Vernier pagó muy cumplidamente al «Banco Parini & de la Cueva», al día siguiente de sus bodas,–en la misma noche de éstas casi podría decirse,–los cuatrocientos mil francos que le adeudaba, entregándole su equivalente a las posesiones enumeradas en el documento de que ya se ha dado cuenta, posesiones de mucho mayor valor, pero que se hallaban sujetas al gravamen de anteriores deudas contraídas por du Vernier y del cual serían ahora desembarazadas.

En seguida, después de su luna de miel, lo tenemos instalado en París, donde lo hayamos martirizador de su desgraciada esposa; tenorio consumado; parroquiano solicitado por echacorverías, y escándalo, en fin, del gran mundo parisiense.

Aquí nos encontrarnos cuando en los periódicos que el lector conoce aparecen los artículos ya copiados: el de los asesinatos misteriosos y el de la quiebra del Banco «Parini, de la Cueva y Co.»

Explicaremos cuál fue la causa de esta última en el próximo capítulo, que bien podría llamarse: *Ladrón que roba a ladrón... o, al maestro, cuchillada.*

VI

Joshua Humbug

Digamos entre tanto quién era Josué Humbug, el cajero del banco Parini, de la Cueva y Ca. A este fin, y para mejor damos cuenta de los rasgos salientes del héroe del robo a dicho banco, hácesenos necesario investigar un tanto su vida pasada. Nacido en Boston, de extracción judía, Josué Humbug demostró desde sus primeros años una propensión marcada a la ligereza de manos. Sus padres, que a la sazón disfrutaban de mediana comodidad, diéronle una regular educación, dedicándolo a la carrera del comercio, en la cual el padre de Josué, Benjamín Humbug, había logrado reunir una regular fortuna. –El joven Humbug, que desde muy niño se distinguió por su agilidad de gamo, sus mañas de lince y su astucia de gato, no demostró en sus estudios grande afición a los libros: detestaba la gramática maldecía de los idiomas y renegaba de la historia y de la geografía.–Mas no vaya por esto a creerse que fue un escolar porro en toda la extensión de la palabra, pues el niño Josué, además de ligero de manos, era muy dado a los estudios aritméticos en los que llegó a sobresalir hasta cierto punto, esto es, en las cuatro primeras reglas. Sobre todo, encantábanle los problemas en que entraban a figurar los mágicos factores de *dollars* y *cents* y se hizo eximio en este ramo. Esto y un poco de francés chapurrado, fuera de la verbosa o incorrecta facilidad con que hablaba su propio idioma, constituían el bagaje escolar de Josué Humbug al salir de las aulas e ingresar en calidad de dependiente a la tienda de su padre.

Malos negocios de éste hiciéronlo quebrar; y al morir no dejó a su viuda y único hijo otra cosa que deudas.

La pobre señora acogióse al amparo de su familia paterna y obtuvo, a costa de algunos esfuerzos, colocación para su hijo en uno de los buques de la armada de los Estados Unidos en calidad de sobrecargo. Aficionóse el mozo a las tareas de su nuevo destino y en breve, gracias a su buena conducta, su actividad y viveza, logró captarse las simpatías de sus jefes y a los tres años de servicios era contador de su buque y se le presentaba ya un nuevo campo de acción y una carrera. Pero su maldita propensión a los *dollars* y *cents*, hizo que un buen día amaneciese el buque americano aliviado de una hermosa suma de pesos que hablan ido a parar a los bolsillos del flamante contador y acompañádole en un más que ligero r accidentado viaje a la América del Sur. Estuvo en la República Argentina y en el Uruguay, donde bien pronto vio el fin de los mal habidos *dollars*. Tras de mucho bregar y aguzar el ingenio, logró volver a los Estados Unidos trabajando por su pasaje a bordo de un buque mercante. Permaneció en Nueva York con nombre supuesto y allí, merced a su labia, que era mucha, y a las dotes de su ingenio sutil y vivo, que no eran pocas, se hizo querer y se capté la confianza de un buen comerciante, que al cabo de pocos meses de tenerlo a su servicio y encantado de los elogios que el astuto Josué le hacía de los países de la América del Sur, en donde bastaba inclinarse para coger el oro a manos llenas, entró con él en un negocio a medias, habilitándole con una suma no despreciable en toda clase de baratijas de buhonero.

En el Perú ejerció esa profesión con inteligencia y actividad; reunió algún caudal, sin que, por supuesto, su habilitador mereciese jamás ni un céntimo del principal, ni mucho menos de las ganancias; y sacando luego partido de las buenas relaciones que allí adquirió y de su viveza para los negocios, meditó un plan que consistía en la formación do una gran compañía para explotar, por un nuevo sistema de su invención, (sistema Paraff o algo parecido) las riquísimas minas de plata que abundan en aquel país, a cuyo efecto proponíase traer máquinas de los modelos más acabados; aplicaciones y aparatos eléctricos, teléfonos y fonógrafos, patentes de invención ajena y de propia invención, etc., etc. Agrupó de tal manera las cifras y pintó a sus ya convencidos comitentes con colores tan vivos las pingües ganancias de la futura empresa, que logró arrancarles un anticipo de más de doce mil pesos en oro, para los gastos preliminares de la formación de la sociedad en los Estados Unidos, suma que se comió alegremente en Inglaterra, a donde emprendió incontinenti el vuelo.

Después de transcurrido algún tiempo de alegre vida en Europa, empezó a sentir la necesidad de buscar un nuevo campo a su actividad, y merced a las buenas relaciones que desde su llegada fue cultivando a virtud de su prodigalidad en festines y jolgorios, logró ser presentado al barón de la Cueva, cuando ya de los doce mil, apenas si le quedaban los doce. Como de ordinario, cayó en gracia al banquero, quien diolo el puesto de sub-cajero en su establecimiento.

Al principio, Josué hízose estimar do sus jefes por su actividad, la manera inteligente y sagaz con que se expedía en el desempeño de sus obligaciones y la facilidad con que se hacía práctico y versado en materia de números. Así es como llegó al poco tiempo al puesto de confianza en que le hemos conocido y en donde dio la prueba final y más brillante de su ligereza de manos.

Como por lo que antecede el lector se habrá formado una mediana idea del retrato moral de este modelo de cajeros, nos esforzaremos ahora por hacer de su físico una descripción más o menos exacta, para lo cual unas cuantas pinceladas nos bastarán.

Era de estatura pequeña, y notable por su afición a los sombreros de copa alta; usaba bigote y perilla napoleónicos; y en su aire y sus ademanes, se notaba una viveza que a primera vista seducía; en su palabra, que brotaba chispeante y fácil, aunque incorrecta y afectada, había una labia capaz de envolver al más ladino. Ojos vivos y saltones. Andar rápido y despreocupado.

El del caso que nuestro hombre, desde su ingreso a las oficinas del banco pudo notar, con la sagacidad en él ingénita, que las cosas no andaban allí como Dios manda y que bien podría presentarse la coyuntura de... *a río revuelto...* Creyó por tanto que era llegado el momento de aguzar el ingenio y resolvió secar el mejor partido posible de la situación. Ya liemos visto que el éxito no pudo corresponder mejor a las esperanzas y que después de una brillante carrera 3 nuestro hombre logró plantear con inteligencia y resolver con audacia su último y mejor estudiado problema aritmético de los *dollars* y de los *cents*...

Esto deja, pues, explicada, en parte, la quiebra del Banco Parini, de la Cueva & Ca. Más adelante veremos qué otros factores concurrieron a dicha quiebra.

Por de pronto, la autoridad ha puesto manos en el asunto, apoderándose de llaves, lacrando puertas, y ordenando una investigación judicial. En el aposento de Humbug no se ha encontrado sino un aparato de su invención para imprimir títulos de acciones, adornado con el retrato del inventor, un juego de libros falsos en cuya preparación se ocupaba con un gigantón escocés, Mr. Cleggson, que también ha fugado, una llave ganzúa y tres cajones de champaña, bebida de su predilección, que usaba como remedio para el hígado y a las veces Como muérdago para *cazar zorzales*....

Desde los primeros momentos circula el rumor de que hay un enorme desfalco do fondos y que la suma robada por el ladino Humbug, no es sino un grano de arena, comparada con el monto total de lo defraudado.

VII

Crisis

Síguenos lector por el obscuro laberinto que en el palacio de la casa Parini, de la Cueva & Ca. conduce a un subterráneo en todo idéntico al que has conocido en la casa misteriosa de la City. ¿Qué ves allí? Solamente tres hombres que cerca de la mesa de ruleta disputan como llenos de exaltación.

Pero antes de que oigas lo que dicen, preciso es que los reconozcas.

Aquel que, irreprochablemente vestido, ostenta en su rostro la palidez que es hija de las orgías, es nuestro antiguo conocido el conde du Vernier. Ese que a su lado le mira al soslayo y sonríe como un zorro, es el doblado caballerete vizconde Parini; y el otro, que agriamente disputa con Ernesto, es el español don Ramiro de la Cueva, socio de ambos. Como lo miras es chiquitín, regordete, charlador y capaz de hablar a un muerto.

Con que, ahora, oigamos con atención.

—Ya lo sabía yo, dijo el conde du Vernier dirigiéndose al último nombrado, que así me pagaríais; sabía que entre nosotros habla alguien que me odiaba y ese no era otro que vos. Casi me alegro de las pérdidas mías en el negocio, solo por que no sigáis chupando corno una sanguijuela el tesoro de todos los afiliados....

—Harto imprudente sois, conde du Vernier. ¿No pensáis que esas palabras os pueden costar muy caro?

—Explicaos, porque no creo que un de la Cueva, que un infame, pueda osar amenazarme....

—Infame... infame... ved que se os pueden volver vuestras palabras...

—¡Insolente!...

—¡Eh, compañeros! exclamó en este momento Parini; dejaos de esas bromas, que si se os llega a subir la sangre a la cabeza podéis cometer una diablura, cuando todos necesitamos de vosotros en el peligro que nos amenaza. Guardad vuestros rencores para después y poned cuidado a lo que os voy a decir.

Antes de pasar adelante, y para que no tome al lector de sorpresa la enemistad de Ernesto y de la Cueva, advertiremos que estos dos personajes no se quisieron bien desde la primera vez que se encontraron, antipatía que fue aumentando de día en día y que había subido de punto hacía poco a consecuencia de un notable triunfo amoroso del barón sobre el veterano galanteador, ofensa que éste jamás olvidó y que su obligado contacto con su rival no hizo sino avivar más y más,

Los disputadores callaron, no sin que de la Cueva refunfuñara, poniendo una cara feroz:

—Ya me las pagarás... Yo me vengaré…

Entonces Parini tomó la palabra:

—Compañeros, dijo; estamos mal. Con motivo del suceso que ha llamado la atención en toda Europa, nuestros fondos se encuentran, puede decirse, agotados. Preciso es poner remedio a esta crisis. Con tal objeto, he convocado a todos los afiliados para esta noche en este mismo lugar.

No ignoráis que la autoridad ha puesto mano en este asunto y se sigue la investigación judicial con toda actividad, habiéndose dado ya principio a la formación del inventario, de lo cual tiene forzosamente que resultar el descubrimiento de nuestro estado…

—Pero, ¿es efectivo entonces que nuestros fondos se encuentran exhaustos? interrumpió el conde.

—Los del banco, si, después del robo de ese bribón de Humbug, a quien no se ha podido dar alcance, contestó Parini. Mas, como nuestro pacto nos pone a cubierto de una emergencia semejante, siempre que alguno do los socios tenga medios de salvar la situación.

—Justo, dijo du Vernier; mas, no veo la necesidad, desde que aun tenemos recursos...

—Muy insignificantes, por cierto. Las últimas cifras de la mesa bien poco han producido. De la Cueva está arruinado.

—¡Y quién sabe si sus escandalosos derroches no son la causa principal do todo!

—¡Eh! ¡No me sigáis importunando u os juro por Santiago que os he de hacer pagar caras vuestras bellaquerías! replicó el aludido montando nuevamente en cólera.

—Calma, calma, amigos míos, dijo Parini interponiéndose otra vez. Ante el riesgo común nos es forzoso deponer todos nuestros rencores. Íbaos diciendo.

—Lo que ya sabíamos; que ese hombre está arruinado. Proseguid.

—Pues bien; otro tanto me pasa a mí y en este caso, siendo vos el único socio del banco que se encuentra al presente en aptitud de dar cumplimiento al pacto y de salvar la actual dificultad, que por cierto ha sido prevista desde que dimos principio a nuestras operaciones.

—¿Se *trabaja* activamente en todas las sucursales de la sociedad? Según entiendo, hace poco hemos recibido un refuerzo de neófitos bien aviados...

—Sí, pero eso no basta y lo que han producido las *mesas* en las últimas noches, si bien considerable no alcanza, ni con mucho, a cubrir la tercera parte de nuestro déficit.

Ya lo veis, amigo du Vernier; hemos de hacer el último sacrificio. . . Resolveos.

—Bien sabéis que la fortuna de mi esposa se encuentra harto menoscabada ya.

—Lo sé. Pero ella cuenta aun con la rica herencia de su señor padre, Lord Darington; y como éste se encuentra ahora en París.

—Tenéis razón, mas no veo de qué manera pueda servirnos en nuestra empresa la esperanza de esa herencia, ni qué tiene que ver la estadía de mi suegro en París con el conflicto en que nos hallamos comprometidos.

—Es muy sencillo, no obstante. —No ha mucho nos dijisteis que teníais la idea de obtener por conducto de vuestra esposa un cuantioso refuerzo do fondos.

—Debo advertiros que esa puerta se halla cerrada ya para mí. Nada podré, pues, conseguir sino cuando Lord Darington muera.

—Y bien: ¿no os consta, que ha hecho testamento en favor de su única hija?

—No digo lo contrario; mas permitid os observe otra vez que eso de nada nos sirve. Lord Darington, a pesar de sus años, se conserva en todo su vigor y harto tendrá el banco que aguardar si sus esperanzas de rehabilitación se cifran en la muerto de mi suegro.

Conde du Vernier; ¿habéis olvidado lo que dispone nuestro pacto para los casos extremos como el que nos ocupa?

—No, indudablemente. Debemos tocar «todos los arbitrios, aun los más desesperados.» Eso reza el pacto.

—Veo tenéis buena memoria en cuanto a la letra se refiere. Tratad ahora de amoldaros a su espíritu y llegaréis a convenceros de que es indispensable se verifique una importante «supresión...»

—¡Cómo! ¿Pretenderíais que yo?...

—Precisamente. Tenéis los medios a vuestro alcance. La muerte de Lord Darington nos salva y…

—¡Jamás! ¿Yo convertirme en asesino del padre de mi esposa? No lo esperéis.

—Vamos, conde; esos escrúpulos de nada os servirán. Con ellos os perderíais y nos perderíais; mientras que cumpliendo lo pactado todo se allana y quedamos a salvo de peligros.

—¡Imposible!

—Sed razonable. Ya sabéis qué perspectiva se os ofrece: de un lado el goce tranquilo de las ventajas y honores de que hasta hoy habéis disfrutado; del otro, la vergüenza, la deshonra, la cárcel y quizás… ¡hasta el patíbulo!

Estas palabras causaron honda conmoción al conde, quien replicó lleno de zozobra:

—Pero, si no veo medio de hacerlo... Me proponéis una empresa de todo punto arriesgada y difícil...

–Por el contrario, muy sencilla, si tomáis las medidas de precaución necesarias. Nada de recursos violentos y ruidosos: ni el revólver ni el puñal os convienen. Los hay más seguros, eficaces y discretos Venenos hay al parecer inofensivos y cuyos efectos son, sin embargo, seguros y rápidos. Vos en este caso no tendréis otra cosa sino ejecutar... No ignorareis que con la digitalina se aparenta fácilmente una enfermedad al corazón que mediante repetidas dosis de ese específico puede llegar o una muerte más o menos rápida.

–¿Entonces creéis que ello no ofrece ningún peligro? replicó du Vernier, casi convencido ya por la pérfida argumentación del insidioso italiano.

–Ninguna: ya os he dicho que el tósigo será tan eficaz como seguro. Conque, ¿estamos convencidos, eh?

El conde pareció meditar por breves instantes y en seguida hizo con aire pensativo una señal de asentimiento.

Había resuelto por fin consumar el más execrable de sus crímenes.

Véase por esto cuán peligrosa es la pendiente del delito. Calavera y galanteador primero, jugador frenético en seguida, asesino después y por último parricida... ¡Espantoso *crescendo*!

Estaba, pues, decretada en aquel horrible antro del crimen la muerte alevosa del noble anciano que había venido a París llevado del paternal deseo de acompañar a su hija por algunos días y para convencerse de lo que se decía acerca de la soledad y aislamiento a que la dejaban entregada los desvíos de su yerno, el villano que iba a pagar con traidora muerte los beneficios de aquella generosa mano recibidos.

VIII

Muerte de Lord Darington

Lord Randolph ha llegado a París. Sea bien venido.

Su hija, la condesa du Vernier, está alegro y dichosa, hoy que en medio de sus amarguras puede besar la mano del pobre viejo que la quiere tanto; que sin embargo, ignorado el mal que hacía, diole por esposo al más infame de los hombres.

¡Qué no hace un padre por la dicha do sus hijos!

El juzgaba que el matrimonio era excelente. –Unió a su Emelina con un noble francés. –Luego hizo su testamento, en el cual dejaba por heredera universal a su hija desgraciada.

Supo después que ésta. Sufría. No ha querido creerlo. Y ha hecho viaje a París para convencerse.

Es imposible, piensa, que un hombre corno el conde Ernesto du Vernier, sea tal cual lo pintan. Eso es una calumnia.

Por lo tanto, he aquí al anciano en casa de sus hijos.

Emelina no ha querido amargar la vida de su padre y ha callado.

Ernesto, por su parte, ha variado por completo de carácter.

En todos lugares se comenta su quietud.

Ya no galantea ni concurre a sus paseos favoritos.

La gente se dice: he aquí un cambio inesperado.

Y piensan, no sin razón, pues ello es la pura verdad, que lord Darington ha venido a calmar al desenfrenado Lovelance.

El lord cree a pie juntillas que se ha levantado un falso testimonio a su yerno, y tarde a tarde, sale en su compañía, y en la de Sara y Emelina, a pasear por los lindos viales de los alrededores, en aristocráticos cabriolés.

El conde du Vernier ha vuelto a abrir sus salones con el lujo del principio; y para ello ha comenzado por invitar a sus antiguos contertulios a fiestas y banquetes con que celebrará la llegada de su noble suegro. Al amanecer Dios, un día de tantos, después do uno de esos festines espléndidos, circuló la noticia de que lord Randolph había caído enfermo de gravedad.

¡Caprichos de la suerte! ¡Acontecer eso, cabalmente cuando se hallaba mas agasajado por *sus hijos*, y, cosa rara, por Ernesto du Vernier, quien aseguran le mimaba en extremo, llegando hasta servirle el propio el vino de su mesa!

En efecto, lord Randolph está en cama.

Los médicos han declarado que padece una enfermedad al corazón.

Se refiero que un día, después de almorzar con su familia, sintió una aguda punzada en dicho órgano, que le hizo caer sobre el pavimento.

Pué Hoyado al lecho.

La asiduidad de sus hijos era tal que llamaba la atención.

Distinguíase Ernesto, siempre lo mismo, sirviendo a la orilla del lecho hasta de enfermero del doliente.

Este se agravaba cada día más.

El diagnóstico de los facultativos era: una hipertrofia del ventrículo izquierdo del corazón.

El mal torna incremento, y se cree difícil la salvación del enfermo.

Cada vez se nota en él mayor debilidad; y la dolencia adquiere grandes proporciones.

Por fin, un día la infeliz esposa del conde du Vernier partía el alma llorando desesperadamente sobre el cadáver del anciano.

Sara la acompañaba.

La agradecida hija de Juana Springfield, gemía por el que un día la favoreciera tanto.

El conde du Vernier preparó un entierro fastuoso.

Todo lo más granado de París concurrió a la procesión fúnebre. Pocas veces se había visto tanto coche ornado de coronas y escudos flordelisados en una ceremonia de esa especie.

Al siguiente día del entierro de lord Randoph, el conde du Vernier partió a Londres, en donde inmediatamente hizo abrir el testamento del difunto.

En él se leían, entre otras cláusulas, las siguientes:

«Item, declaro que dejo a mi hija Emelina, María, Luisa, condesa du Vernier, mis castillos, palacios y posesiones de Inglaterra. Asimismo, a ella hago especial encargo de poner en manos de Sara Springfield la cantidad de diez mil libras esterlinas para su dote.»

El conde du Vernier *incontinenti* volvió a París. Vendió las propiedades de su esposa al mejor postor, y cumplió exactamente con lo que la cláusula del testamento disponía respecto a Sara Springfield.

Esta, al recibir el legado, lloró amargamente.

Recordó su infancia, su madre, su dicha pasada. También lloró la pobre Emelina. Juntas mezclan sus lágrimas y el consuelo brota de cada boca en mutua correspondencia.

El dinero de Sara fue colocado en uno de los mejores bancos de Paris, el Banco de Francia, por su abogado.

El producto de las propiedades que lord Darington dejara su hija, fue cobrado por el conde, quien volviendo a su pasada vida, apenas si dio cuenta a su esposa de las sumas percibidas.

A poco tiempo volvieron los derroches y los escándalos, las queridas y las estrepitosas conquistas.

Ahora, presto verá el lector lo que le sacará de dudas, con respecto a la misteriosa asociación a que pertenecía el conde du Vernier.

Solo, sí, antes de pasar a otro capítulo, le referiremos que cuando murió lord Darington, los facultativos estuvieron de acuerdo en que su fallecimiento había tenido por causa una gravísima enfermedad del corazón; que en el escritorio del conde du Vernier se veía un pomo casi vacío con una sustancia extraña, y que en el marbete que cubría su parte exterior, so leía lo siguiente: *Digitaline pure –Eviter les contrefaçons.*

IX

Una asamblea del crimen

Son la nueve de la noche.

Han transcurrido quince días desde aquel en que se celebró el diabólico conciliábulo de que ya hemos dado cuenta y en el cual quedó decretado el envenenamiento de Lord Darington.–En esa misma noche, convocados poco más tarde los afiliados del centro principal directivo de París, quedó acordado, después de acalorada discusión, reunirse nuevamente con el fin de resolver en definitiva acerca de las medidas que conviniese tomar.

La necesidad do aguardar la consumación del crimen de da Vernier había influido en la postergación de este conciliábulo, verdadera asamblea del crimen.

Pero ese inconveniente debe haber sido ya removido, puesto que se ven llegar uno a uno los afiliados con la insignia de las grandes ocasiones, es decir, calado el guante rojo en la diestra.

A las nueve se encuentra casi completo el número de los miembros. Pero en la mesa directivo nota la falta de uno de los jefes. El asiento del barón de la Cueva se halla vacío. Se comenta su ausencia como un hecho grave. Parini y du Vernier discuten con acaloramiento, al parecer, el mismo asunto.

—Quizás está meditando o llevando a efecto alguna villanía, dijo el conde a Parini, conteniendo la voz. Muy capaz le creo de traicionarnos.

—No es tan insensato. ¿Ignoráis que los fondos entregados se hallan en mi poder?

—¡Ah! Sí; ya lo recuerdo... Pero no sé qué presentimiento me anuncia que nada de bueno puede esperarse de ese villano; y su demora.

—Vedle allí que viene, conde, y no seáis temerario. ¡Eh, harón añadió! Parini dirigiéndose a éste; ya empezábamos a temer os hubiera sucedido algún contratiempo.

—Algo he tenido que hacer a última hora, contestó éste dirigiendo una mirada de soslayo a du Vernier.

—Bien, bien, replicó el vizconde. Daremos entonces principio. Podéis vos, barón, si lo tenéis bien, dar cuenta a la asamblea de los trabajos realizados...

—No lo permitiré y, interrumpió du Vernier. Ese hombre no tiene derecho a levantar aquí la voz. Él es quien tiene parte muy principal en nuestra ruina y en mi sacrificio.

—¡Qué habla de sacrificio Ernesto du Vernier! Tiempo nos sobra para revelar sus milagros.

—Vamos, vamos interrumpió Parini, bien veo que es necesario que habla yo para evitar que os rompáis los cascos. Señores, añadió dirigiéndose a los concurrentes que contemplaban asombrados esta desmoralizadora escena. Ya sabéis que las indiscretas publicaciones de los diarios relativos a las necesarias «supresiones» hechas por nuestra sociedad, han venido a colocarnos en situación difícil, para hacer frente a cual no necesito encareceros cuán indispensable es que continuéis observando el mayor sigilo y la más exquisita cautela y discreción. Con esos anuncios bien sabéis que coincidió el de la quiebra del banco que es el más fuerte baluarte de nuestra sociedad, y el segundo sostén de los miembros que sufren alguna pérdida o revés de fortuna.

Pues bien; la situación se presenta ya un tanto despejada. Hay esperanzas de rehabilitar, siquiera, en parte, el crédito del banco que se ha encontrado tan seriamente amenazado.

Un murmullo de aprobación acogió estas palabras. EL vizconde prosiguió:

—Merced al desprendimiento de uno de nuestros directores, podremos reponer buena parte de la suma cuya falta arrojan los libros del banco; y en cuanto al saldo, no será difícil entrar en arreglos para la obtención de esperas y la continuación de las operaciones de nuestro establecimiento. Esto, como acabo de comunicároslo, debéis agradecerlo a uno de vuestros directores. El conde du Vernier, comprendiendo que la única manera de llevar adelante nuestro propósito y labrar de nuevo el edificio de nuestra futura prosperidad, consistía en intentar y llevar a cabo un extremo sacrificio.

—Ha hecho una valiente «supresión» interrumpió de la Cueva.

—¡Callad u os arranco la lengua! vociferó du Vernier, pálido como la muerte.

—¡No callaré, vive Dios! Harto estoy ya, gallardo conde de vuestras bravatas. Sépase una vez por todas que el sacrificio de que nos ha hablado el director Parini…

—¡Hacedle callar o le mato! exclamó rugiente de cólera Ernesto, dirigiéndose a Parini que se había interpuesto entre ambos.

Pero no logró con esto sino dar nuevos bríos al de la Cueva, quien continuó con mayor énfasis:

—Necesario es, señores, que cada cual reconozca sus méritos y todos vosotros el de cada una de las personas que se hallan a la cabeza de de la asociación del Guante Rojo. Este ilustre vástago de la muy noble casa du Vernier, que allí veis empeñado en ocultar con falsa modestia sus esclarecidos méritos; el abnegado *vigilador* que tiene entre otros títulos el de haber causado la muerte del inexperto Jacobo Springfield después de haberlo hábilmente *desvalijado* como lo manda el reglamento, ha sido también quien, coronando como corresponde su carrera y obedeciendo al cristiano deseo de salvarnos de la ruina, ha llevado a cabo el más sublime do los sacrificios: la «supresión» del noble Lord Darington, su ilustre suegro....

Un penetrante y ahogado grito de horror se dejó oír al llegar el barón a esta parte de su discurso, grito que alarmé a todos los presentes, quienes se dirigieron en tropel hacia el punto de donde había partido.

El conde du Vernier, cubierto el rostro de horrenda palidez, corrió en la misma dirección y tocó con mano trémula un resorte oculto en uno de los ángulos de la estancia.

Quedó al descubierto un lienzo de pared el cual no era otra cosa que una entrada secreta a un gabinete contiguo, y se dejó ver ante los atónitos ojos de Ernesto y demás miembros de la sociedad, el cuerpo de una mujer desmayada, vestida de luto.

—¡La condesa en este sitio! exclamó Ernesto dando un grito de furor.—¡Ah, miserable! añadió saltando con la furia de un chacal sobre el barón de la Cueva. ¡Te has vengado y vas a morir! ¡Prepárate a pagar, una vez por todas, tus villanías y traiciones!

Sucedióse una tremenda lucha. Los circunstantes, atónitos ante lo imprevisto de aquella escena, no atinaron a separar a los combatientes, quienes, puñal en mano, se acometían con ímpetu salvaje. Por último, estrechado el de la Cueva en uno de los ángulos de la sala, dio un paso en falso y cayó al suelo. Du Vernier, rugiente de cólera y ebrio de sangre, sepultó en el pecho de su contrario su afilado puñal...

—¡Digna coronación de los crímenes de un miserable y digno término de una asamblea que tenía el robo por objeto, el crinen por norte y la sangre por emblema!...

Al día siguiente se anunciaba en los diarios el misterioso asesinato del barón de la Cueva y la fuga a Italia del vizconde Parini.

Demás está que éste llevó consigo los fondos recibidos del conde du Vernier, y que la quiebra del Banco Parini, de la Cueva y compañía, fue más estrepitosa de lo que hubieran podido imaginarse.

X

EXPLICACIÓN

El conde du Vernier se llevó en un carruaje a su desmayada esposa.

Al llegar a la puerta de su palacio, bajó del vehículo, hizo retirar al lacayo que se presentó a ofrecerle sus servicios, y tomando en sus brazos a Emelina, ascendió la escalera con ella y la condujo hasta su aposento.

Allí la colocó sobre el lecho y haciendo llamar en seguida a Sara, dijo a ésta, con acento brusco, cuando so presentó:

—Ved si atendéis a la condesa, a quien acaba de sobrevenir un accidente,

Sara corrió solícita al lacio de su amiga y le prodigó sus cuidados, no sin haber reparado antes, llena de sobresalto, en la horrible palidez del conde y lo desordenado de su traje.

Dejemos a las dos amigas: sin sentido la una, y afanosa la otra por volverla a la vida y compensar con sus dulces caricias y consuelos los dolores de aquella víctima de la villanía de un infame...

¿Cómo había llegado la condesa du Vernier al lugar desde donde se la hiciera testigo de las escenas de horror que la habían lacerado el alma y dado en tierra con su cuerpo?

Para darnos cuenta de ello, necesario es que nos impongamos de un misterioso billete que Emelina había recibido esa misma tarde.

Decía así:

«*Condesa du Vernier*: Si estimáis en lo que vale la honra del ilustre nombre de vuestro padre y deseáis os ponga en aptitud de conocer un gravo secreto que os interesa tanto o más que la vida misma, os ruego que me concedáis una entrevista esta noche a las cocho, hora en que vuestro esposo habrá salido ya. —Si aceptáis, bastará que de vuestra parte se diga «Está bien» al mensajero portador de ésta. El Barón de la Cuera.»

—¡Un secreto! Un secreto que compromete la honra del nombre de mi padre. ¿Qué haré, Dios mío? ¿Me amenazan acaso nuevas desgracias? Veré a ese hombre, sí; necesario es que haya algún grave motivo para que en tales términos me escriba.

En consecuencia dio al mensajero la respuesta pedida.

A la hora indicada presentóse el barón casa de Emelina.

—Por cierto que os habrá extrañado sobre manera la comunicación que me he permitido enviaros, dije éste después de haber saludado con ceremoniosa gravedad a la condesa.

Esta respondió a su saludo con una inclinación de cabeza y después de haber invitado al barón a sentarse, replicó:

—A la verdad, me ha parecido que solo muy graves motivos podían haberos inducido a dar este paso.

—En efecto, señora condesa: hay un motivo gravísimo; se trata, como en mi carta os lo he dicho, nada menos que de la honra del limpio nombre de vuestros antepasados, ultrajada, perdonadme si os lo digo con ruda pero necesaria franqueza, ultrajada por los manejos innobles de un esposo indigno de vos.

—Me insultáis, señor barón, y no sé como os habéis atrevido a solicitar esta entrevista con tan punible objeto.

—Señora, creed que yo....

—Habéis injuriado a mi esposo y no tenéis derecho a permanecer ni un solo instante más en mi presencia.

—Os juro que mi objeto no es otro que desenmascarar al vil que os engaña.

—¡Salid, señor, si no queréis llame en mi auxilio a los criados!

—¿Os negáis entonces a imponeros de lo que sucede? ¿Rechazáis las pruebas fehacientes que os ofrezco? ¿Renunciaríais al testimonio de vuestros sentidos, si yo os pusiera en aptitud de presenciar algunos de los actos, ¡qué digo! de las villanías de vuestro esposo?

Emelina se tornó trémula, titubeó y dijo:

—Barón: hacéis muy mal en abusar de mi indulgencia por obedecer a un sentimiento de enemistad hacia mi esposo.

—Puedo haceros testigo de actos que pondrán de relieve y dejarán probada la verdad de mis afirmaciones. Esta misma noche debe hallarse el conde en un sitio a donde puedo yo conduciros y en el cual han de hacerse revelaciones que os probarán la verdad de mis asertos. Allí podréis convenceros de que el conde du Vernier es indigno de la noble esposa cuyo nombre arrastra por el lodo.

—¡Dios mío!... ¿Sería posible?

—Venid conmigo y os probaré que el barón de la Cueva sabe hacer honor a su palabra.

—¡Qué hacer, cielos, qué hacer!...

—Un carruaje me aguarda a la puerta; podéis cubriros con un velo y llegaréis sin ser notada al sitio indicado.

Después do algunos instantes de penosa vacilación entre el deseo de salir de una penosa duda y la gravísima inconveniencia de tan peligroso paso, decidióse por fin la condesa y acompañó al barón, cubierta por un espeso velo.

El lector ya sabe el resto.

XI

¡CANALLA!

Pálida como un cadáver en su lecho se mira la condesa du Vernier.

Siéntese débil; quizá la muerte venga a librarla del peso de la vida.

La espantosa realidad ha destrozado su dolorido pecho.

Ella, la noble hija de lord Darington, es la esposa del asesino de su padre.

En la atmósfera que respira en su palacio, diríase que siente súbitos vapores de sangre.

Había juntado su mano con otra que manejaba el puñal.

Luego, si Dios quería que tuviera hijos, sería la madre de los hijos de un bandido.

Presenció la espantosa asamblea del «Guante Rojo». Conoció el horrible secreto y su espíritu es presa del dolor.

Hállase colocada al borde de un abismo y siente vahídos...

La deshonra le amenaza con su cortejo siniestro de amarguras.

¿Qué hay en esa alma pura e inocente?

La lobreguez de la noche.

Crea oír a veces la voz del anciano que acusa al asesino delante de ella.

La fiebre la invade.

Un ángel está en el martirio.

Otro ángel vela al pie del lecho: otro ángel a quien Emelina ha revelado el amargo secreto: Sara Springfield.

Sara Springfield ha sufrido como ella al oír la espantosa revelación; pero procura llevar al alma de su doliente amiga un rayo de consuelo. ¡Fuerte y valerosa mujer!

Oigámoslas:

—Ese abatimiento, Emelina, procurad alejarlo de vuestro ánimo.

Debéis recordar que el golpe también a mí me ha hernio. Ambas debemos consolarlos y sobre todo, hacer lo que es he dicho: Vuestro tío está en América, adonde, como sabéis, fue hace un año a establecerse. A su lado, en tan lejanas tierras podremos hallar la quietud que aquí nunca encontraremos. Yo no debo permanecer más tiempo bajo el mismo techo que cobija al que causó la muerte de mi hermano. Vos...

—Yo no hallo más remedio que la muerte, respondió Emelina incorporándose. He meditado largos momentos en lo que debo hacer. He sufrido hondamente. No hay suplicio igual al mío. Si denuncio a la justicia los crímenes de ese hombre, caerá de rechazo la infamia sobre mi frente. Ya me parece leer en les periódicos las reseñas de la causa en los tribunales, en las cuales mi nombre iría mezclado con el de eso infame... Huir, como vos me proponéis, es harto difícil; y luego, ante la sociedad ese hombre tiene derecho sobre mí, soy su esposa: ¡la esposa del matador de mi padre!

Y rompió a llorar como un niño.

Sara reclinó sobre su seno la hermosa cabeza de su amiga, desmelenada y con las señales de un pesar infinito. Aunque también de sus ojos cabría brotar el llanto, lo contuvo por no aumentar el de Emelina a quien alienta con sus frases de cariño; y he aquí un grupo escultórico, que copiado por hábil cincel, se llamaría en mármol de Carrera, la estatua del consuelo y el dolor.

Momentos después, Sara se retiraba en silencio, dejando a la enferma en el descanso do un sueño reparador.

Duerme, pues, Emelina cuando la puerta de su alcoba se entreabre y da paso al conde du Vernier.

Este se acerca al lecho y contempla a la cuitada. Ve su rostro del color de la cera; sus ojos cerrados; su cabellera rubia destrenzada y luenga, sobre la almohada en que apoya la cabeza. Respira, y a las veces su respiración es entrecortada por suspiros.

En tanto el conde, cruzado de brazos, mira indiferente aquel cuadro conmovedor.

Acercó un sillón a la orilla de la cama.

Entonces Emelina abrió los ojos y lanzó un ahogado grito, mezcla de sorpresa, pena, horror, miedo y desesperación.

—¡Idos! exclamó dirigiéndose, trémula y agitada, a su marido. ¡Salid, en nombre de Dios de este recinto!

—¡Bien! replicó el conde; saldré. Pero, antes tendréis que oírme dos palabras. Habéis cometido una imprudencia digna do escarmiento. Recordad, señora, que os he encontrado en un lugar adonde no debíais haber llegado nunca, y de donde, sin mi presencia, de seguro no hubierais vuelto jamás. Muy bien. No os hacía yo tan curiosa, ni llena de tanta resolución. Sois digna, por lo que veo, de calzar vuestra linda diestra con la insignia de los afiliados... Como todo lo sabéis, o se os pasa por la mente la idea de que vengo a mostrarme cándido como una paloma e inocente corno un cordero. Nada de eso. Todo lo que visteis y oísteis es, sin más ni menos, la purísima verdad.

–¡Idos! volvió a gritar Emelina irguiéndose radiante de ira, sublime ante el cinismo de aquel criminal.

Su faz estaba como iluminada.

Cuando en un pecho que es todo amor y ternura, estalla el justo odio contra la maldad, vense a manera de relámpagos, como fulgores do rayo. Así se comprende la cólera santa de los querubines.

–¡Idos! tornó a exclamar Emelina.

El conde reía con risa sardónica y forzada

Era preciso tener el alma de un condenado para no conmoverse ante aquella triste cuanto airada expresión, aquel cabello suelto, aquellos brazos desnudos, aquellos ojos humedecidos por las lágrimas.

–La purísima verdad, continué el conde; con algo más que vos no conocéis: con el ítem del castigo que merecía el traidor de la Cueva, quien quedó revolcándose en su sangre la misma noche que os condujo a donde bien sabéis.

–¡Asesino! gritó Emelina. ¡Asesino de mi padre!

Du Vernier saltó como un tigre furioso y tomando con rudeza de un brazo a la enferma, dijo con voz de cólera salvaje:

–¡Callad u os juro por el infierno que seguiréis a vuestro padre...

–¡Miserable!

–¡Ni una palabra más! rugió el brutal verdugo. ¿No sabéis que puedo haceros des aparecer, que os puedo sepultar en un secrete abismo de donde nunca saldríais?

–¡Me amenazáis con la muerte! ¡Qué mayor bien! Dejaré de respirar esto aire emponzoñado que vos respiráis; no os veré, ¡sanguinoso asesino!... ¡La muerte!...Que venga cuando queráis... ¡Moriré gustosa!... Poco os puede importar un cadáver más o menos... Debí entregaros a la justicia; no lo he hecho por no sufrir yo misma vuestra deshonra. ¡Sabed que os odio! No puedo, no quiero miraros. Estáis manchado con la sangre de Jacobo Springfield; con la de mi padre: ¡vil e ingrato! y con la de tantas víctimas de vuestra asociación. Vuestra cabeza hace tiempo debiera haber caído en la plaza de la Grêve; la guillotina os espora. Vuestro lugar está entre los presidiarios, en los pontones y cloacas: ¡asesino! ¡asesino! ¡Yo soy la hija de lord Randolph Darington, envenenado por vos en este palacio!..

Mientras hablaba la condesa, en el rostro de du Vernier se habían ido pintando la ira, la venganza, el deseo de crimen.

–¡Callad! exclamó con acento terrible.

Ella continué:

–¡Matadme asesino de mi padre! No me arredra la muerte; podéis tomar un puñal y clavármelo en el corazón! ¡Envenenadme; matadme como os venga en deseo; que para vos todo delito es igual!

Entonces el conde du Vernier se irguió como el genio del mal: en sus ojos relampagueaba fuego de infierno; su cabello casi erizado le daba un aspecto espantoso; su mano apretaba rudísimamente el delicado brazo de Emelina. Con voz apagada por la iracundia exclamó:

–¡Tú lo quieres! Pues bien: ¡sea!...

Y salió.

XII

UNA MUERTE REPENTINA

La misma noche de la escena que acabamos de describir, circulaba por todo París la noticia del fallecimiento de la condesa du Vernier.

A las casas nobles y a los distinguidos personajes amigos del conde llegó lujosa tarjeta, orlada de negro, que en tipos elezevirianos tenía escrito lo que sigue:

«Ernesto, Conde du Vernier,

Participa la muerte de la condesa du Vernier, acaecida anoche; e invita a sus amigos para la procesión fúnebre que saldrá de su palacio a primera hora. El duelo se despedirá en Père Lachaise.»

La noticia sorprendió mucho.

El lector, que quizá sospecha haber en esto un nuevo crimen, sea servido de oír la explicación que para llenar sus deseos daremos en seguida.

Tan luego como el conde du Vernier salió del gabinete de su esposa, so dirigió a un oculto departamento de su palacio.

Ese lugar, solo de él conocido, era un cuarto húmedo, oscuro y extraño.

Allí miró el pavimento, examinó con fijeza las hendiduras; y luego que hubo puesto su atención por cortos momentos en busca de algo, exclamó: aquí es.

Sacó una llavecita del bolsillo y la introdujo en una especie de cerradura que había en el centro del cuarto.

Como por obra mágica, abrióse un gran boquerón, que mostró la bajada a un subterráneo, descendió el conde y a poco rato volvió salir.

Luego so encaminó al gabinete de su esposa. Esta se encontraba vestida con una bata oscura y recostada en un sillón.

—Seguidme, dijo el conde, lanzándole una mirada feroz.

Ella se levantó, y muda siguióle por las galerías del palacio.

Llegaron a cuarto secreto y misterioso. El la hizo descender por la escala del subterráneo, yendo en pos de ella.

En el interior había un viejo diván y una lámpara sobre una mesa desvencijada.

—Esta es vuestra tumba, señora, clamó el conde con voz lúgubre, mientras en su faz se pintaba algo como un reflejo de la ira que ardía en su pecho. —Vos lo habéis querido, continuó, y de hoy en adelante la condesa du Vernier será un cadáver vivo. Quiero decir, por sí no me comprendéis, que no estoy en disposición de asesinaros.

Sois harto bella… y al fin, mujer, para que use con vos del puñal o del veneno. Me habés llamado asesino de vuestro padre... Yo no quiero serlo de la hija. Sabed, pues, que para el mundo habéis muerto. Mañana, todo París concurrirá a vuestros funerales. Vuestro nombre se imprimirá en todos los periódicos, entre fajas de luto. Y yo mismo he de llevarlo riguroso, para recibir a los amigos que vengan a darme el pésame por vuestra muerte. Ya vos no sois la condesa du Vernier. Sois una muerta que no tiene más espacio que el de la cripta en que está encerrada. Puedo casarme; soy viudo. La condesa du Vernier será otra mañana, si se me antoja. Todo esto por causa vuestra. Las imprudencias por vos cometidas han traído por consecuencia vuestro estado, actual. Quedaos, pues, aquí, donde no os verá otro que yo, cuando os traiga el alimento cuotidiano. En cambio de vuestra defunción, me tornaré en vuestro criado. Ya veis que soy galante aun con mis peores enemigos. No os podéis quejar de mi largueza para con vos. Soy munífico al par que severo. No consiento que me insulten labios de rosa; en cambio, a esos mismos labios llevaré un pan cuando hayan hambre y un vaso de agua cuando hayan sed. ¿No es cierto que tengo un alma distinta de como vos la imagináis?

Emelina no contestó ni una sola palabra.

Cuando el conde salió, cayó desmayada sobre el viejo diván.

Ernesto du Vernier se dio tal maña en sus arreglos, que al día siguiente, en el salón principal de su morada se veía un féretro cerrado, llevando en uno de sus extremos las siguientes siglas: E. O. d. V.

Entre tanto, Sara Springfield, cuando por la mañana fue al aposento de su amiga en busca de ella, y encontró el lecho vacío, sospechó algún nuevo crimen.

Ernesto le participó que Emelina había fallecido la noche pasada, de un ataque repentino. Asimismo, cuando ella pidióle llorando con desesperación, que hiciese descubrir el cadáver, para verla por última vez, él se negó abiertamente.

Sara llegó a convencerrse de que un gran delito había puesto fin a los días de su amiga, de su hermana, y esperó descubrirlo, para lo cual permaneció en el palacio, en espera del conde du Vernier, que en su cerrado coche iba detrás del féretro en la fúnebre procesión, seguido de lo mas granado de la nobleza, al cementerio de Père Lachaise.

Ya veremos cómo Sara Springfield se condujo en su atrevida resolución.

XIII

¿DE CÓMO LA PALOMA PUEDE VENCER AL MILANO?

La pobre Sara Springfield, enrojecidos los ojos por las lágrimas, recorre desolada los solitarios salones del desierto palacio du Vernier.

Ha presenciado los funerales de tan insólita y precipitada manera hechos y desde el primer momento la sospecha de que el miserable asesino de Lord Darington y de su propio hermano haya perpetrado un nuevo crimen, invade su abatido espíritu.

No obstante, la heroica joven, sacando fuerzas de su propio doloroso abatimiento, merced a un enérgico esfuerzo de voluntad, se prepara a desenmascarar al vil. Uniendo a la energía la previsión, dispone los medios que han de servirla para llegar a este fin, medios de que el lector se dará cuenta en seguida, y aguarda llena de alguna resolución la vuelta de Ernesto du Vernier.

Éste se presentó por fin, vestido de riguroso luto, y de regreso ya de los funerales.

Hay una mirada siniestra en sus ojos.

En su ajado semblante, la expresión recelosa del culpable.

Diríase que el crimen ha transfigurado a su manera a este hombre.

Sara Springfield, noble y erguida, enjutos los ojos y severa la expresión, se interpone a resuelta y airada como la imagen del castigo, y le dice con acento imperioso:

—Conde: necesito hablaros.

Éste, sorprendido ante la manera inusitada con que modo de intimación lo es manifestado este deseo, intenta replicar con altivez, más le impone luego el aire resuelto y enérgico de Sara y la sigue hasta un aposento inmediato. Llegados allí, Sara pronuncia con aire solemne estas palabras que resuenan como una terrible acusación:

—Conde Ernesto du Vernier, ¿qué habéis hecho de vuestra esposa?

Desconcertado al principio por tan inesperada interpelación, repónese luego Ernesto y trémulo de cólera, aunque haciendo esfuerzos por reprimirla, contesta afectando cínica volubilidad:

—Harto ociosa es la pregunta, linda Sara cuando vos acabáis de ser testigo...

—¡Basta ya! interrumpió ésta con enérgico acento. Arrojad la máscara, conde, que de nada puede ya serviros! Todo lo sé. Inútiles son, pues, vuestros hipócritas efugios.

—¡Ah! ¡Ah! ¿Con que todo lo sabéis, eh? ¿Y no queríais hacerme partícipe de las grandes cosas que ocultáis, hermosa enojada?

–¡Dejad a un lado, por una vez siquiera, vuestro audaz cinismo, *vigilador* del «Guante Rojo», asesino de Lord Darington!...

Esto lo dijo Sara con rostro radiante de santa cólera. Sus ojos fulminaban rayos.

Retrocedió vívamente Ernesto, cual una fiera herida, mas reportóse luego y con aire terrible y diabólica expresión rugió, aproximándose amenazante:

–¡Ah! ¿Vos también deseáis poner a prueba mi paciencia?... ¿Querrías, por ventura, seguir la suerte de los que se atreven a provocar mi ira?

E iba a cogerla ya de un brazo.

Sara, retrocediendo con viveza, exclamó con acento vibrante:

–¡Atrás!... vil asesino!... No tocaréis ni uno solo de mis cabellos!... Sabed que os tengo en mi poder y que si abusáis cobardemente de mi debilidad, con ello no lograréis otra cosa sino hacer que aumentan la magnitud de vuestro ya inminente castigo

–¡Amenazas! ¿a mí? exclamó con sardónica risa du Vernier. Vamos, hermosa leona, convenid en que no son muy de temer. Ya os domesticaré yo.

–Villano: ¿pretenderéis ultrajarme?... Sí, bien sé que lo intentaríais, si pudierais; no hay vileza que no sea concebible en quien como vos está habituado a embriagarse con los horribles vapores de la sangre...

Du Vernier, pintada en su semblante una expresión de cólera salvaje, exclamó:

–Callad; o si no...

–Ya os he dicho que no os temo, ¡matador de jóvenes, ancianos y mujeres! Os repito que estáis en mi poder. Conociendo cuánta insidia feroz, cuánta criminal villanía se encierra en vuestra alma, he tomado bien mis medidas. Hoy, a una hora que he de signado, debe entregarse a la Prefectura de Policía una denuncia circunstanciada de vuestros crímenes, denuncia que os llevará al patíbulo, si no me confesáis qué habéis hecho de Emelina. Se espían vuestros pasos. No me amenacéis: todo es inútil.

–Puesto que es así, rugió el conde con aire diabólico, completaremos la obra comenzada Iréis a reuniros a vuestros amigos...

E hizo ademán de aproximarse a ella.

Sara, altiva y serena, e irguiéndose con la majestad de una reina, exclamó rechazándole con un imperioso gesto:

–¡No me toquen esas manos manchadas en la sangre de tanta víctima inocente! No creáis intimidarme con vuestras amenazas. No teme a la muerte quien puede levantar altiva y serena la frente. Conde du Vernier: pensad en lo que voy a deciros:

Con mi sacrificio o sin él, iréis hoy al patíbulo, si en realidad vuestra esposa ha perecido a vuestras manos. Nada ganaréis con mi muerte: no haréis sino precipitar vuestra ruina.

—¿Y si en realidad no hubiera muerto Emelina?

—¡Cielos! ¿Sería posible? ¡Oh, por favor, conde du Vernier, sacádme de tan angustiosa duda! Decidme, ¿es verdad que aun alienta?

—Mal podría ser yo tan condescendiente con quien acaba de amenazarme como vos lo habéis hecho.

—¡Oh! Pero, si yo os juro que nada haré si me devolvéis a Emelina! Esa denuncia no se entregará a la justicia sino llegada la noche.

—En todo caso, Emelina ha muerto para el mundo.

—¿Es decir que vive? Vive, ¿no es verdad? ¿Vos la habéis ocultado? ¡Decidmelo, por favor! Volvedme a Emelina y os protesto que nada intentaré contra vos; y que juntas partiremos de aquí esta noche misma para en seguida huir lejos.

—¿Dónde?

—A América. Sabéis que allí se halla establecido Mr. Edmundo Darington.

—¡Qué idea! dijo para sí Entesto. ¡Verme libre de ambas sin necesidad de recurrir a un nuevo crimen! Pues bien, repuso dirigiéndose a la noble joven: Emelina vive y está en salvo..,

—¡Loado sea Dios!

Y en el rostro de la hermosa joven se pintó una expresión angelical.

—Queda entendido que yo os llevaré hasta el lugar donde Emelina se encuentra; de allí saldréis juntas y partiréis inmediatamente, como me lo habéis prometido.

—Sí; sí; ¡llevadme cuanto antes a su lado!

—Antes debéis jurar que cumpliréis lo prometido y que retiraréis la acusación que en mala hora formulasteis.

— ¡Os lo juro por la sagrada memoria de mi madre! Volvedme a Emelina y os perdonaré los amargos dolores que debo a vuestros extravíos.

—Bien; seguidme.

Así diciendo el conde atravesó varios aposentos basta llegar a sus habitaciones. Una vez en ellas, condujo a Sara al gabinete secreto que ya conocemos y de allí al subterráneo.

Difícil sería pintar la escena que a esto sucedió.

Aquellas dos mujeres que hacía momentos creían encontrarse a la mayor distancia que es posible imaginar, desde que, por lo menos ante el mundo, separábalas la eternidad, volvían a reunirse en los transportes de la más tierna efusión. Vedlas allí, la una en los brazos de la otra, confundiendo sus lágrimas y sollozos y formando un grupo bello y conmovedor!

Dejómoslas encontrar dulce alivio en el desahogo de su hondo pesar.

Du Vernier, con ser quien es, no ha querido tampoco ser testigo de aquella escena. Después de repetir a Sara sus recomendaciones, las ha dejado solas y aguarda en su habitación…

Dispuestas las cosas como Sara lo había prometido al conde, y libre éste ya de la espada de Damocles que pendía sobre su cabeza, esa misma noche partieron las dos jóvenes al Havre.

Sara dejó instrucciones a su abogado para que hiciera transferir el legado que la dejara Lord Darington y que tenía depositado en el Banco de Francia, a uno de los bancos de Chile

Terminadas esas y otras disposiciones, las dos jóvenes habían podido emprender su viaje de riguroso incógnito.

En el Havre aguardaron el vapor que debía conducirlas a Chile, y que zarpó de ese puerto dos días después.

****

Hasta aquí la verdadera historia de los infortunios de Lady Emelina Darington, contada por ella misma a grandes rasgos en el Parque del Hotel de Viña del Mar al abnegado teniente de la 3ra Compañía de Bomberos de Valparaíso, donde Marcelino Gavidia, su salvador en el incendio que ya conoce el lector.

CUARTA PARTE

I

UN CAPÍTULO DE AMOR

Llegó el mes apacible de la dulce estación. La luz del sol se cuela entre los ramajes nuevo, calentando las yemas cubiertas de retoños, y los pájaros alegres cantan en bulliciosa trisca revolando en los prados florecidos.

Viste naturaleza su más hermoso traje y so adorna con sus más lindas preseas. Los nidos pían, mecidos por el aire que murmura: combinación del suspiro y del gorjeo, acorde misterioso de la selva.

La savia circula en el árbol como la sangre en el hombre, con calor y en impetuosa a invisible corriente.

¡Bendito sea Dios, que encendió el astro de la vida en el firmamento, y en cielo del alma el astro del amor, a cuya santa influencia ardemos en deseos infinitos, con el goce supremo de los ángeles!

Por el ensalmo del novelista, henos aquí en Santiago de Chile y a la orilla de la pintoresca laguna de la Quinta Normal.

Arriba telón.

Personajes: Mr. Edmundo Darington, el acaudalado comerciante de Valparaíso. Su sobrina, la divina Emelina, con perdón de los consonantes. La señorita Sara Springfield, Marcelino Gavidia y el alegre ingeniero José María Vergara. Total, cinco.

La escena está a la vista de la siguiente manera:

Bajo el ramaje de un árbol corpulento hay un banco de hierro suficientemente largo para que en un extremo esté sentada una pareja y en el otro otra: Gavidia y la señorita Darington, Vergara y la señorita Springfield. Mr. Darington, –que tiene arraigados gustos de naturalista– se pasea, ajustado un lente a la cuenca de su ojo derecho, examinando con curiosidad los arbustos que crecen a la orilla de la laguna o en los pintorescos planteles cercanos.

Para un espectador cualquiera, las parejas tratan asuntos indiferentes. Nosotros, en obsequio del amable lector, penetraremos en el interior de esas almas y contaremos de esos apóstrofes y palabras íntimas que no brotan del labio, pero que resuenan en lo profundo del pecho haciendo palpitar los corazones. Diremos, pues, lo que simultáneamente piensan los dos enamorados de esas preciosas mujeres. Dúo de corazones.

MARCELINO: *fijo en la faz de su compañera, quien a la sazón juega con un ramo de violetas*:

—«¡Oh, mi vida, mi amor, mi bella Emelina! Te adoro. Mírame: en tus ojos húmedos y azules encuentro mi felicidad; tus miradas me suspenden; cuando en mí estás fija, yo no sé lo que siento: la sangre me circula con más fuerza y el corazón me late con mas precipitación... — Sonríeme, quiero ver la aurora. A cada hebra de tu rubia cabellera soy deudor de un beso: ¿cuándo podré pagar tanto como debo? ¡Oh!, mi bello alcázar de flores, déjame saludar a la estrella que habita dentro de ti.»

JOSÉ MARÍA: *con el abrigo de Sara sobre sus rodillas y fijo en ella, que le mira con sus ojos obscuros y brillante.*

—«¡Ah, linda picaronaza! ¡Conque me atrapaste! A mí, que por tanto tiempo erré a la ventura por los jardines porteños y santiaguinos, ni más ni menos como un regoloso y listo picaflor! Tus oscuros cabellos me han aprisionado, tus ojos, negros abismos, me atraen; a tu boca, diminuto pórtico de rubí, se están asomando a la continua los besos y las caricias como geniecillos tentadores, y tu pequeñuela y fina mano, creadora de melodías, precioso manojito de azucenas, me ha hecho pensar en mi diestra muy seriamente, trayéndome a la imaginación al cura que recita la Epístola de San Pablo).»

MARCELINO: «—¡Oh, cuánto la amo! ¿Para qué la conocí? Hay un abismo entro los dos, casi imposible de salvar. —Después que he oído de sus labios la terrible historia de su vida, ha cobrado mayor fuerza la pasión que había dentro de mi pecho. Mi ángel, mi vida, mi Emelina: ¡cuán desgraciado fui en conocerte! sin embargo, en tus pupilas leo que me arnas: a tu boca no ha salido ni una sola frase que me aliente; y no obstante, comprendo que si no existiera la espantosa traba que impide nuestra felicidad, tú me confesarías que sientes como yo, mi rubia encantadora: no hay un corazón como el tuyo, ni un amor como el mío bajo la diáfana luz de los cielos!»

JOSÉ MARÍA: «—Palabra de honor, que ante tan poderosas miradas, tiemblo como un niño atemorizado. Si ella me habla, creo escuchar divina música. Estoy *completamente loco* (sic.) Pienso únicamente en ella; y cuando reviso mis planos, con el compás en la mano derecha y la regla en la izquierda, veo su rostro en mi interior, creo escuchar un acento dulcísimo, las curvas me salen rectas, las rectas curvas olvido las matemáticas y me dan tentaciones de hacer versos. Niña de los ojos negros, estoy enamorado de ti!»

MARCELINO: «—Aunque sea imposible nuestra unión, yo te amare. Alma mía, Emelina; te adoro con todo el fuego de mi corazón. Sé que me amas, aunque tus labios no me lo hayan dicho. Yo en silencio llevaré mi dolor. ¿Qué felices hubiéramos sido conociéndonos antes de que fueras esclava de tu deber!

Siento lo que sufres, alma y vida mía.

Tú me amas como yo a ti. Lo he leído en el cristal purísimo de tus ojos; lo he comprendido en los estremecimientos de tu mano al encontrarse con la mía. Flor divina, recreo de las Gracias, ¿podré algún día gozar de tu celestial aroma?»

JOSÉ MARÍA: «–Sara de mi corazón: Desde el día en que me diste a entender que me amabas, he visto más hermoso y azul el cielo, más pintadas y frescas las flores; he sentido nacer algo dentro de mí como una aurora; y cuando, después de los trabajos del día, el sueño reparador cierra mis párpados, te veo como un ángel cerca de mí; respiro perfumes de felicidad, y entre unas deliciosas armonías que me parece brotan del piano en que tú imperas, creo escuchar tiernos niños, garlando como ruiseñores recién nacidos que de tanto en tanto me dicen, con su vocecita melodiosa: «¡papá!» –Y todo en un hogar limpio y pulido, visitado por las hadas de la dicha y lleno de las bendiciones que Dios envía a los que se aman.»

****

Así piensan nuestros personajes, cuando el prosaico Mr. Darington llega donde Gavidia y mostrándole unas hojas que a hurtadillas ha cortado, y que cuidadosamente mira con su lente, le dice interrumpiendo a los amantes:

–Amigo don Marcelino: ¡he aquí un precioso ejemplar del *dianthus carophilus de Lineo*!

A poco todos salen de la Quinta Normal en este orden: Marcelino y Emelina, adelante; Vergara y Sara, en seguida, y atrás Mr. Edmundo Darington, con las manos metidas en los bolsillos de su *paletot* y su inseparable lente sujeto por una cadenilla de oro.

Nuestros viejos conocidos han estado do paseo en la hermosa capital.

Después de tomar su carruaje, se dirigieron al hotel en que se hospedaban y luego a la estación del ferrocarril, de donde partieron para Valparaíso, lugar de su residencia.

El tren iba que volaba, dejando atrás su blanco penacho de humo denso; a lo lejos so advertía la cordillera coronada de nieve, dorada por el sol que la bañaba con sus chorros de fuego arrebolado; y al pasar la rauda locomotora por las cercanas dehesas, cuando lanzaba sus roncos silbidos, le respondían a guisa de saludo los lentos mugidos de las vacadas que cercanas pacían.

Pocos días después, en casa de Mr. Darington se leía con tristeza la siguiente esquela:

«Mis buenos amigos:–Acabo de recibir orden superior de tomar el vapor del Estrecho que sale mañana a primera hora. Se me ha comunicado que mi viaje es a Francia y a Bélgica, con objeto de ocuparme allí de asuntos de mi profesión. –Volveré muy pronto; lo espero. Sin tiempo para despedirme de Vds. a causa de los precipitados preparativos que debo hacer. He recomendado a Marcelino que lo haga en mi nombre y que me dé *ciertos recados*... Adiós, señorita Emelina. Adiós, Sara. Hasta mi vuelta. Recuerdos a Mr. Darington– JOSÉ MARÍA VERGARA.

Sara Springfield no pudo contener una lágrima que le rodó por la mejilla, en tanto que su amiga procuraba consolarla dirigiéndola delicadas y dulces bromas respecto de la vuelta del viajero; y que Mr. Darington, limpiando con el pañuelo su lente, exclamaba con el rostro muy serio:

–¡Dios lleve y traiga con bien al buen amigo Vergara!

DOS CARTAS VÍA MAGALLANES

Copiaremos a continuación cierta correspondencia recibida en Chile algunos meses después y que se relaciona directamente con algunos de los héroes de la presente narración,

En primer lugar se verá el extracto de una comunicación que por ausencia del ministro en París envía al gobierno de Chile su encargado de negocios. Dice así:

«Paris, 14 de mayo de 188...

Señor ministro:

Tengo así mismo el sentimiento de dar cuenta a Uds. que los trabajos y estudios encomendados al teniente coronel de ingenieros don José María Vergara han sufrido una interrupción a consecuencia de un desgraciado accidente en que se ha visto envuelto hace pocos días, según comunicación que sobre el particular me ha dirigido el Cónsul de Chile en Bruselas. El ingeniero referido se encontraba en un establecimiento público de esa ciudad el día en que se verificó el suceso de que me ocupo y tuvo ocasión de escuchar que inmediatos a él varios caballeros discutían acaloradamente la conducta de Chile y del Perú en la última guerra. Parece que los términos inconvenientes y hasta injuriosos en que uno de esos caballeros se expresó respecto de nuestro país, movieron al teniente coronel Vergara a tomar enérgicamente su defensa, resultado de lo cual fue un duelo que entre ambos tuvo efecto y en el cual resultó herido Vergara y perdió la vida su adversario.

La herida del primero no es muy grave y se espera que en unos quince días se habrá repuesto del todo.

Cuidaré de tener a Uds. al corriente del estado de los trabajos desde la fecha en que el ingeniero aludido se haga carga nuevamente de ellos.»

****

La otra carta, de fecha quince días posteriores, decía así:

«Señor Marcelino Gavidia,

Valparaíso.

Mi querido compañero:

Tu pobre amigo ha estado por estos mundos en graves aprietos. Ha tenido a la muerte a medio palmo de distancia, nada menos.

Pero vamos al hecho. Por los diarios te habrá impuesto del duelo que se efectuó en Bruselas entre un noble francés y tu humilde servidor. El caso pasó como sigue:

Hallábame yo en el Hotel de Francia comiendo con dos amigos. Ya sabes tú cuán pacífica es mi índole y por ello fácil te será suponer lo ajeno que estaría a la función de armas en que luego había de corresponderme no desairada parte.

El caso es que a poco de estar departiendo yo alegremente con mis comensales, acerté a escuchar que en una mesa cercana cuatro o cinco caballeros discutían acaloradamente sobre los méritos respectivos de chilenos y peruanos en la reciente guerra del Pacífico.

El tristemente célebre economista Pradier Foderé era uno de ellos. Mientras se mantuvieron en el terreno de la cultura y la decencia, no tenía yo para qué terciar desde que, como tú sabes, el *choreo* es libre. Dejé pues, que Pradier Foderé y otro francés que seguía sus aguas desahogasen su encono contra Chile, en tanto que sus compañeros les rebatían sus razones.

Pero llegó un p unto en que no me fue posible dominarme. El compañero de Pradier Foderé, un conde noble pero arruinado y de no muy saneada fama, pues según creo, era frecuentador de garitos y otros lugares de dudosa reputación, fue quien vino a sacarme de mis casillas. Figúrate que, repentinamente se levanta y con voz de energúmeno responde a uno de los que rebatían las opiniones emitidas por él y su compañero, más o menos las palabras siguientes:

«Digan ustedes lo que quieran, el Perú es una nación tan heroica como desgraciada y los chilenos son una legión de cobardes y ladrones!»

Lancéme yo de mi asiento cual movido un resorte y encarándome al francés le dije:

—«Aquí tenéis a uno de esos chilenos, pronto cuando menos a probaros lo contrario. ¡Sois vos el cobarde y el ladrón! «He aquí mi tarjeta!»

Él tal era un famoso duelista, el conde Ernesto du Vernier.

Al día siguiente debía verificarse el duelo. Hice, pues, mis disposiciones como para emprender la gran jornada; encomendé mi alma a Dios y a… Sarita; y me dirigí a la mañana siguiente al lugar del lance, que lo era la frontera francesa. Me acompañaron en calidad de padrinos los amigos Passy y Perales y el secretario de la legación de Nicaragua, don Joaquín Ortiz.

El conde, a quien tocaba la elección de armas, había escogido la pistola. El duelo se efectuó a veinte pasos de distancia.

Ya conoces, por los diarios que te he remitido, los detalles de aquel suceso y sabes por consiguiente que el pobre francés hubo de entregar su alma a Dios al segundo balazo de los míos y cuando casi simultáneamente recibía yo una herida en el brazo izquierdo.

No ha sido ésta de consideración, como también lo habrás sabido, y a ello se debe el que pueda ya darme el placer de saludarte y pedirte el especial favor de que me hagas presente ante quien tú sabes y le manifiestes cuánto ansío suene para mí el anhelado momento de llegar a la patria y a... la curia.

Por desgracia, creo han de transcurrir unos seis meses antes de que pueda terminar los trabajos de mi comisión y efectuar mi regreso.

Mis afectuosas memorias a tu linda melancólica, a quien deseo todo linaje de alegrías...

«¡Ah, pillo! ¿Me entiendes?

Te saluda de corazón tu amigo y compañero afectísimo,

JOSÉ MARÍA VERGARA

P.S. Ponme a los pies de Mr. Darington.»

****

Sara y Emelina han escuchado de los labios de Marcelino la lectura de esta última carta, la cual después de haber despertado en él encontradas emociones de que sin gran esfuerzo se dará cuenta el lector, ha hecho exclamar a la noble viuda, que está pálida y emocionada como su amiga, estas palabras:

–¡Justicia de Dios!...

José María Vergara volvió de Europa a los ocho meses, y fue recibido por todos sus amigos, que habían ido a bordo con el objeto de saludarle y referirle cómo en todo Chile se aplaudía grandemente su noble patriotismo, y lo mucho que se había sentido su enfermedad.

El mismo día de su llegada partió para Santiago, en donde dio cuenta del resultado de su misión, y retornó a Valparaíso.

Mr. Darington y *sus inglesitas*, como las llaman, residen temporalmente en Viña del Mar.

Estamos en casa de Mr. Darington. Este lee un número del «Chilian Times», mientras Emelina borda un pañuelo de batista, en el que ha concluido una *eme* y ha empezado una *ge*.

Sara está sentada al piano y ejecuto un nocturno de Thalberg.

De pronto se oyó la campanilla del teléfono.

Mr. Darington dejó su periódico, se quito su lente, se aplicó al oído el aparato, y empezó a hablar la siguiente:

–¿Haló, haló? –¿Con quién hablo?... –…Muchos deseos tenemos de verle. –…Mil gracias–… – Así… así …–Con mucho gusto– …Les esperamos– …Comprendo qué clase de asunto es… – …Buenas, y con ansias de saludarle –…¿Cómo? –…No le oigo… ¿Cómo? –…Cuando lleguen ustedes dispondremos todo– …Creo mejor en la del Espíritu Santo– …Ah, sí, después a la quinta –…De mi parte, amigos de la colonia inglesa– …Sí, sí, como ustedes dispongan. – …Muy bien, hasta luego.

Y el timbre volvió a sonar.

El viejo tornó impasible a su diario y a su lente.

Sara, con aire picaresco se volvió a él y le preguntó con quién hablaba, aunque ya lo sabía.

–Con el amigo Vergara, respondió, que se halla en el estudio de Marcelino, con quien vendrá esta tarde a arreglar ciertos asuntos de que vosotras sabéis mejor que yo. Las dos se miraron y sonrieron.

Algunos momentos después salió Mr. Darington a la calle y Sara bajó al jardín.

Entonces, Emelina se acercó casi con timidez al aparato telefónico y llamó. Dio un número, y al poco empezó al decir lo siguiente:

–...Soy yo –...«¡Oh, sí –...Dios lo ha querido... –Mucho –...¿De veras? –...Yo... con toda el alma –...¡Mentiroso! –...Y con justicia... ¡dos días sin venir! –Entonces, está disculpado. –A él también deseo verle –...¿Cómo? –...Lo prefiero de violetas. ¡Adulador! –...Ya se lo he dicho: con toda mi alma. –Mucho, si, mucho. –...Digo, que muchísimo. *–What do you say? ...–Oh! very, very much...!*

Quienquiera que entonces hubiera podido interceptar lo que el hilo enviaba, habría escachado un ruido imperceptible casi, suave chasquido que, llevado por la electricidad, después de resonar en la caja telefónica, llegó al corazón de Emelina quien, al colocar el aparato en su lugar, trémula de emoción, tenía el rostro encendido en las divinas llamas del rubor...

El buen *yankee* Tomas Alva Edison, no pensó de seguro nunca en que el bribonzuelo de Cupido se aprovechara de sus micrófonos, alambres, bobinas y baterías para hacer de las suyas.

Por el tren de la tarde he aquí que llegan Gavidia y Vergara a Viña del Mar.

No hay para qué decir que fueron recibidos en casa de Mr. Darington con mil agasajos.

Se prohibió en absoluto hablar media palabra de todo lo pasado, entro Emelina, Marcelino y Sara

Tuvieron largas conferencias ambos jóvenes con Mr. Darignton. Luego, otras ídem, cada oveja...

****

Tres días después era domingo.

De la iglesia del Espíritu Santo salen las gentes de misa primera.

Envueltas en sus negros mantos van desfilando las lindas porteñas, que muestran apenas el rostro blanco y arrebolado como un fresco botón de rosa: diríase que la aurora ha salido disfrazada con el traje de la noche. No se les mira del cabello sino lo que por la frente les cae en leves madejas; y así es de ver, si el alba tan solo peina hebras rubios, que las hay negras y lustrosas y otras que dan indicio de la mejor castaña cabellera.

Salen con andar comedido, que no por eso oculta el garbo de la chilena; y bajo la corta falda se ven asomar los minúsculos piececitos de su prisión de seda o cabritilla.

Por ser lugar sagrado, Dios serena los relámpagos de los negros ojos bajo la bóveda de su templo; mas en cuanto sale la niña, después de la bendición, y está en la calle sin más bóveda que la del cielo azul, allí es el vibrar el rayo de sus pupilas, esclavizando deseos y corazones.

Mira al soslayo, y ya prendió una centella la tirana; luego saca al descuido debajo del manto la mano alabastrina que lleva el devocionario, y aquí es el gozo de los pollos y el martirio de los solterones.

Los hombres salen a su vez, requiriendo el lustre del sombrero o la simetría de la corbata; y cuando se han quedado sin ojos pues se los ha llevado con sus primores alguna sultana de la hermosura; se alejan en opuestas direcciones o van al cercano club a abrir el apetito para el almuerzo,

Todos habían salido ya de la iglesia este domingo, cuando un caballero elegantemente vestido y en el cual se conocería a Marcelino Gavidia, se acercó al cura que había oficiado y le habló en voz baja.

–Sí, contestó el cura. Y añadió: Mañana por la mañana estará todo dispuesto.

Todo el día se ocuparon los dos amigos Vergara y Gavidia en recorrer las calles de Valparaíso, al parecer arreglando urgentes negocios.

El lector, que lo ve todo claro, dirá: «Pero, señores autores, es demás que os entretengáis en contarme lo que yo me sé: que los amigos andaban en arreglos de boda; y que a la mañana siguiente, en la Iglesia del Espíritu Santo el cura les echó la bendición; quedando unidos *per omnia vita* cada marido con su mujer, es decir, Marcelino con Emelina, y Vergara con la señorita Springfield.»

Es verdad; pero lo que aun no sabe el lector es que a poco de terminada la ceremonia, se dirigieron por tren especial novios y asistentes a ella, a la quinta de Marcelino en Limache, donde les aguardaban muchos miembros de la colonia inglesa, fuera de los numerosos jóvenes chilenos y amigos de los recién casados que también concurrieron. De más está decir que la 3ra Compañía de bomberos estaba dignamente representada en la boda de sus colegas.

IV

EN QUE LA NARRACIÓN CONCLUYE

La quinta de Marcelino es un pequeño Edén. La naturaleza la ha hermoseado y el arte la ha acabado de hacer encentadora Cuando llegó la comitiva matrimonial todos les recibieron con sus felicitaciones.

Luego se pasó a la preciosa casita donde estaba preparada una espléndida mesa. En el salón principal se veían expuestos los regalos de boda. Habíalos muy buenos y valioso tanto para los novios como para las novias. Poro, entre todos un par de ricas medallas de oro que tenían la siguiente leyenda:

A los esforzados compañeros Gavidia y Vergara. –Los oficiales de la 3ra Compañía de Bomberos.

Los inquilinos de la quinta llegaron en cuerpo a saludar a su patrón, a quien tanto querían. Los mozos, vestidos de fiesta; bragas anchas y gruesas, zapatones toscos pero limpios, el listado poncho al hombro y el ancho sombrero de pita en la mano. Sus hijas y mujeres, con el pañuelo de cuadros en el cuello, habían buscado sus mejores sayas; si eran vistosas, mejor; que es día de andar con traje que se mire, rojo, blanco o azul; corta la falda, que deje ver la botina de enero y un principio de media de color que cubre la pantorrilla. En todas las caras el contento, las arrugas de la risa franca y leal; y en todas las bocas bendiciones para el buen señor a quien tantos favores deben.

Marcelino salió a recibirlos amablemente.

–Gracias, les dijo, tras hablarles con cariño; y rico fue el moscatel que él mismo les sirvió, néctar que nunca había llegado a los rústicos paladares, que mostraban su regodeo con sonoros chasquidos de lengua.

–Una cana al aire en el día de mi boda justo es que echéis, continué nuestro joven.

Y en seguida ordenó a su mayordomo diera a los inquilinos el cómo y el con qué.

Fuése la buena gente, alegre como unas pascuas, a una cercana arboleda que constituyeron en cuartel general de su jolgorio. Allí fue el llevar el arpa y las vihuelas; el mayordomo hizo traer el cordero asado, la cazuela y el arrollado, que prepararan hábiles maritorneseas manos en la cocina, desde donde llegaba el incitante olor de la fritanga y el chirrido de las sartenes, al par que el crepitante ruido de la leña en el fogón.

¿Qué decir de la *baya*, sino que en los enormes vasos, tan grandes como un sombrero de copa, iba y venía de labio a labio, aumentando la espontánea algazara, la alegría de los bravos *rotos* que celebraban las nupcias de su principal?

Mientras tanto, en el comedor de la casa eran los esparcimientos de los *gringos* convidados.

A intervalos se oía el resonante salir de un corcho anunciando los torrentes de rica espuma que inundaban las copas de finísimo cristal y los expansivos ¡*hurrahs*! de los camaradas de Mr. Darington, que dejando a la puerta de la quinta el fardo de su británica gravedad charlaban, comían y bebían tan festivos como un chileno de pura sangre.

Brindis, votos por la felicidad de 1as parejas, se oyen y son acogidos con los aplausos de los concurrentes.

Fáltanos decir algo muy preciso: ingleses chilenos han traído consigo a sus mitades, así mismo a las hermanas y a los amigos.

Bellos palmitos al rededor de la mesa adornan el recinto con sus gracias. Ojos azules como los de una heroína de Goethe, ojos negros y avasalladores como solo se miran en tierras de Arauco; cabellos crespos y rubios corno acairelados rayos de aurora; trenzas oscuras como divinas serpientes enroscadas; y bocas de morir al verlas.

Acabado el almuerzo, viene el bailar. Así, pues, pasan al salón principal donde hacen gala de los trajes las hermosas1 llenas de inocente vanidad como toda hija de Eva. Unas lucen rico faldellín de seda en que pasamanerías y bordados son honra de las modistas; otras con vestidos blancos y cubiertos de preciosos encajes, se esponjan como tórtolas que arrullan... y las desposadas con su corona de azahares sienten cerca de sí el tenue batir de alas con que les acaricia el ángel del amor.

Sara Springfield ha ocupado el asiento del pianista que ha hecho oír su música durante largo tiempo.

La gran artista vuelve a ser oída como en otros tiempos. Su ejecución sorprende; sus notas llegan al alma, y el torrente de melodías que arranca al sonoro instrumento, semeja un enjambre de cadencias escapadas de coros celestiales.

Mas, ¿qué es eso bullicioso clamoreo que llega en alas del aire volador? Sigan os el lector allá, bajo la arboleda, donde triscan y cantan los inquilinos.

–¡Viva el patrón! se oye en el corro en gritos resonantes. ¡Vivan los novios!

Mientras tanto el *huaso* más airoso, futuro mayordomo y ya dueño de seis yuntas, con la *baya* subida a la cabeza, alegre sin descomedimiento, ha sacado al círculo que forman los concurrentes a la moza de más rejo y mejor cara. Ojos gachones, boca pequeña e incitante con el labio superior algo abultado, seno voluptuoso, que aprisiona el corpiño de percal; pie chico y gordo, en justa proporción, calzado bonitamente, cenceño el tobillo, y toda, para mejor decir, hecha y derecha como una guapa limanchina.

La arpista preludia la zamacueca revoltosa; las guitarras acompañan al son de sus bordones; suenan las palmas que se chocan, los gritos que animan, las interjecciones del jubiloso entusiasmo; y al sonido de los instrumentos, que acompasa un pausado tamboreo, ya se han lanzado al baile los ladinos; ya baten la tierra con los pies en rítmico balance; él busca a la hembra graciosa y ella elude al galán con ligereza; síguela si huye y búscala el rostro si vuelve la espalda.

Y todo eso con el pañuelo blanco en la mano derecha, que en los giros y movimientos de la danza parece un ala de paloma, o bandera de Cupido que está anunciando amorosas promesas y deliquios.

¡Hurra! se oye en la casa de los dueños. ¡Viva el patrón! ¡Viva la señorita! en el corro de los campesinos. Y aquel día de felicidad pasó entre goces apacibles, hasta que el sol poniente bañó con sus postreras llamaradas las blancas crestas de los Andes, y comenzaron a abrir sus ojos de oro en la inmensidad del firmamento las maravillosas constelaciones